周大新

乡愁文丛　王剑冰　主编

回望来路

周大新　著

中原出版传媒集团
中原传媒股份公司

大象出版社
·郑州·

图书在版编目(CIP)数据

回望来路 / 周大新著.— 郑州 ：大象出版社，
2017. 5（2018. 3 重印）
（乡愁文丛 / 王剑冰主编）
ISBN 978-7-5347-9205-2

Ⅰ. ①回… Ⅱ. ①周… Ⅲ. ①散文集—中国—当代
Ⅳ. ①I267

中国版本图书馆 CIP 数据核字(2017)第 068204 号

乡愁文丛
王剑冰 主编
回望来路
HUIWANG LAILU
周大新 著

出版人 王刘纯
策划 王刘纯
责任编辑 范倩
责任校对 毛路 张迎娟
装帧设计 王莉娟

出版发行 大象出版社(郑州市开元路 16 号 邮政编码 450044)
发行科 0371-63863551 总编室 0371-65597936
网址 www.daxiang.cn
印刷 洛阳和众印刷有限公司
经销 各地新华书店经销
开本 787mm×1092mm 1/16
印张 14.5
字数 143 千字
版次 2017 年 5 月第 1 版 2018 年 3 月第 2 次印刷
定价 30.00 元

若发现印、装质量问题，影响阅读，请与承印厂联系调换。
印厂地址 洛阳市高新区丰华路三号
邮政编码 471003 电话 0379-64606268

找得到灵魂家园，记得住美丽乡愁

——“乡愁文丛”总序

王剑冰

我们强调保护中国的传统文化，而传统文化当中就有乡愁。乡愁是中国人热爱家乡、牵念故里的独特情结，是一种美好自然的文化观念。社会越是变化、越是浮躁，这种情结就越显珍贵。乡愁也是一种寻根意识，记住乡愁，记住美好的童年，记住美好的向往，也便是铭记我们的根本。

我们每个人都是故乡的一片叶子，这片叶子无论飘落多远，都无法摆脱大树对于叶子的意义。一个人的身上总有着故乡的脉络，流着故乡的血，带着永远不可改变的DNA。一个个的人也可以说是一个个村子的化身，他们走出去，分散得到处都是，却不会把村子走失。

说起乡愁，那是一种与生俱在的情怀，住在心中的故乡常常鲜活在那里。故乡是安放你的灵魂、温暖你的寂冷的地方，是接纳你的疲惫、抚慰你的忧伤的地方。翻开一页页被繁忙弄乱的过往，记忆中的余香总在儿时的故乡。那里有我们最亲密的玩伴、最爱吃的食物、最漂亮的衣衫、最天真的憧憬。而芬芳入梦的，多是亲人亲切的面容与温馨的相聚场面。那些亲人或已故去，或还在乡里。现在多数人对故乡的感觉同对年节的感觉一样，那种热闹团圆、香气弥漫的味道是乡情中最重要的部分。“每逢佳节倍思亲”，所以归乡最多的时刻是年节，带着满满的怀想、满满的辛苦，万水千山相携于途，构成最为壮阔的乡愁景观。古往今来，人们因为各种缘由漂泊在外，但总是要找机会赶回故里。金圣叹曾列举“不亦快哉”之事，其一即是“久客得归，望见郭门，两岸童妇，皆作故乡之声”。然而他们的欢喜中又带着那种“近乡情更怯，不敢问来人”的复杂心理。漫长的时光已然流逝，乡愁的话题始终没有停息，情怀早已渗透于诗歌典章，直至后来，还有余光中、三毛、席慕蓉不约而同地同题《乡愁》。

诚然，远在故乡之外的游子，生发的多为眷念之情，即使老杜有“漫卷诗书喜欲狂”“便下襄阳向洛阳”的返乡之举，回到家乡也还是要再出去，因“莼鲈之思”而辞官归返的张季鹰毕竟是少数。还有，余光中的《乡愁》或代表了一些人对于故乡的认知，那就是故乡即是母亲（或双亲）的代名，对于故乡的怀念即是对于母亲的怀念，回故乡即是为了看母亲，母亲不在了，故乡的概念便模糊起来。随着生活的变化，有人也不可避免地遇到了回乡的矛盾，记忆与现实发生了冲突，那种期待值与仪式感渐渐折损，许多美好已然变成了永久的追忆。所以有人会说：“我是真的爱家乡，不过爱的可能是记忆里的家乡。”确实，没有一成不变的事物，这是时间所带来的不可逆转的事实。然而不可逆转的还有那份强烈的牵绊，永恒的顾念并未因此而中辍，情感的执拗还是同那些疏离与怨怼扯断了关联。生生不息地以文字表达出来的乡愁，也成为中国文学中一个特有的传统。

作家们大都已离开生养自己的故土，但我们却能看出那种深深的乡愁情结，这其中有写生养自己的故乡的，也有写生活过的第二、第三故乡的，还有赞美如故知的他乡的。文丛中，地域山水皆有代表，民俗风情各具特色，多方位地展现出人与历史、人与环境的关系，彰显对亲人故土的真挚情怀以及对世态人生的深切感慨，给我们带来亲近，带来回味，带来启迪，让我们感受到温馨而深挚、苍郁而辽阔的文字力量。

我们说，在意乡俗年节，提倡尊崇温情，爱护碧水蓝天，留住美好记忆，是和谐社会建设的内容之一，也是复兴民族文化的核心之一。这样会把我们赖以生存的环境保护和建设得愈加贴近期待与理想，也会使我们愈加容易找得到灵魂家园，记得住美丽乡愁。大象出版社倾心打造这样一套阵容壮观的“乡愁文丛”，就是带有这样的初衷。该文丛是具有欣赏性、研究性、珍藏性的文学工程，也是一种文化的记忆与期望。“故乡今夜思千里，霜鬓明朝又一年。”随着时间的挥手远去，这种记忆与期望会愈加显现出它的意义。

2017年初春

目　录

长在中原十八年

我在中原长到十八岁，之后，方去山东当了兵。

十八年的中原生活，前三年的情景在我脑子里是个空白。只是从娘片段的话语中知道，我身子皮实，学会走路比较早；能吃，总是吃得肚子滚圆，被邻居们称为“小胖子”；黑，尤其是夏天出了汗，又黑又滑像泥鳅；胆小，怕黑，天一黑就不敢乱跑。村里的老人们喜欢喊我“黑蛋”。

这三年是在懵懵懂懂中过日子，会哭，但不记得苦和恼；会笑，但不记得欢和乐。

第四年的日子在我脑子里划了些很浅的痕迹。我如今还能记住的，是奶奶把白馍掰碎泡在碗里，放点盐末和香油喂我，我记得那东西很好吃。再就是一件事中的一个场景和两句对话。奶奶去世入殓时，我被人抱起去看奶奶躺在棺材里的样子。只听见一个人说：“娃子太小，看了怕会做噩梦。”另一个人说：“他奶奶亲他，让他看看吧！”……

我连奶奶的长相也没能记清楚。

这一年我模糊感觉到了，我可以依靠的亲人会和我分离。

长到第五年，记忆变得连贯了。这一年发生的大事是舅舅娶亲。舅妈家在十里之外的一个村子，早上空轿去迎舅妈，让我坐在轿里压轿。童子压轿是我们那儿的规矩。不知道是抬轿的那些人故意捣蛋还是轿有问题，反正我在轿里被弄得左右乱晃，没有我原来猜想的舒服，下轿撒尿时提出不坐轿，结果被训了一顿。

这一年，我正式开始了快乐的童年生活。我们那儿是平原，平原上的田野有一种空阔之美。春天，鸟在天上翻飞，大人们在麦田里锄草，我和伙伴们就在田埂上疯跑玩闹；夏天，蝉鸣蛙叫，大人们在雨后的田里疏通水道排水，我和伙伴们则脱光了衣裳在田头的河沟里戏水欢笑；秋天，大人们在挥着钉耙挖红薯，我们则在红薯堆里找那种心甜皮薄的啃着吃；冬天，雪花飘飞，我们会跑着跟在打兔子的人身后听他的枪响……就是从这时候起，我开始感到人离不开田地。没有田地，人活得会很乏味。

那时家里吃得最多的是红薯。早上吃红薯稀饭和红薯面饼，中午吃蒸红薯和凉拌红薯丝，晚上吃红薯干稀粥和红薯面窝头。夏天的中午，娘有时也蒸点儿红薯面面条或拌点儿红薯粉凉粉。总之，差不多顿顿离不开红薯。尽管娘不时给我点优待，变着法子让我吃点别的，可我还是一听见“红薯”肚子里就难受，就想哭。也是因此，我的第一个理想开始出现：此生不再吃红薯。

这一年我开始跟着大人们上街去赶集。离我们家最近的集镇是构林镇，我们村离镇六华里，这段路程对当时的我来说，是个不短的距离，可我跑得兴致勃勃，只有实在跑不动了才会爬上大人们的脊背让背着走。到街上就会看到好多好多的人，就会在商店里见到好多没有见过的好东西，就会看到耍猴的，就会喝一碗好喝的胡辣汤，啃一根甜甘蔗。如果父亲能卖出些鸡蛋和两只鸡，我还能吃到包有玻璃纸的糖块。也是从这时我开始觉得：外边的世界比村子里好。

六岁半时我开始上小学读书。这一年国家开始了“大跃进”，村里人们干活时总插些红旗，还经常听到锣鼓声；看到有人挨家挨户地收铁器，说是要炼铁；全村人开始在一起用很大的锅做饭，每顿饭都在一块儿吃——这样吃饭的好处是，我和我的那些伙伴可以边吃饭边在一起玩。早饭后我要背个书包，步行四华里去河湾小学上课，中午再跑回来吃饭，午饭后再去上课，下午课上完再往回赶。一天十六华里，这对于一个孩子来说的确不是一件轻松的事。每每走累时，我就很羡慕天上的鸟，就在心里想：人要能飞那该多好！那年代疟疾多发，学校里的学生差不多是轮着得这种病，轮到我时，娘并不惊慌，只在院中的太阳地儿铺个席子铺床被子，让我躺下，再在我身上盖两床被子，让我度过冷得发抖的那段时间。发完疟疾我常常双腿很软无力走路，但又怕不能听课学习跟不上，便要坚持到校。逢了这时，常常是在同校高年级读书的一个堂姑背着我走，她岁数大些，个子也高，有些力气，但我会把她压得呼呼喘息。

这一年我开始隐约明白，人活着大约必须得吃苦。

长到第七年，我已经要正式干活了。学校放暑假之后，我的主要任务是照看弟弟加上喂家里偷养的一只山羊，每天都要割些青草喂那家伙。平日里去田里捡拾遗留下来的玉米秆和棉花根子，去河堤上和河滩里用竹筢子搂树叶搂干草，总之，把能烧锅的东西尽可能多地弄回家，以满足家里整个冬天做饭用。放寒假时主要是拾柴。这时，村里的食堂已半死不活，吃饭差不多要靠自家做了。这个时期，我最盼望的是有亲戚来。一来了亲戚，娘便会改善伙食，或是做一回鸡蛋臊子面，或是烙一张葱油饼，我会跟着解解馋。我那时想，要是天天都能吃到臊子面和葱油饼，那该是多么幸福的生活呀！我开始有了第二个理想：天天能吃臊子面和葱油饼。

八岁那年，饥馑突然到来了。我从来没想到饥馑的面目是那样狰狞可怕。先是家里的红薯吃完了，后是红薯干和萝卜吃完了，再后是萝卜缨和野菜吃完了，跟着是难吃的糠和苞谷棒芯吃完了，接下来是更难吃的红薯秧吃完了，最后是把榆树皮剥下来捣碎熬成稀汤喝，把棉籽炒熟后吃籽仁。全家人那时的全部任务是找吃的，所有可能拿来填饱肚子的东西都被娘放进了锅里煮。村里那时除了耕牛，再也见不到任何家禽和家畜。我那时别的什么事也不再想，读书、写字、做游戏，早忘到爪哇国了，唯一想的事情就是把肚子填饱。我那时才算知道了饥饿的全部滋味，无论看到什么，先想它能不能吃，能吃，就是有用的，就生尽法子要填进嘴里。村子里开始饿死人了，我也全身浮肿，所幸国家的救济粮到了，我得以活了下来。这场饥馑让我觉得世上最好的东西其实就是粮食，所以后来我养成了储粮备饥的习惯，不管粮店离家多近，都想买点儿米、面放在家里，看到有米、面在家才觉得心里踏实。也是因此，我要是看见有人浪费粮食，就特别难以忍受。当了军官之后，我一直不敢把发的粮票全部吃完，每月都要节省下来一些，准备应付不知何时会有的饥荒。“储粮备荒”是我觉得最重要最正确的口号。

这场饥馑让我体验到了绝望的滋味：当看到娘再也没有东西下锅站到灶前发呆时，我小小的胸腔里都是慌张、疼痛和恐惧。

高小、初中是在构林镇读的，我那时已暗暗下定决心：一定要考上大学，过天天能吃饱饭的日子。村里的大人一再教导我：你娃子只有考上大学才能当官，只有当官才能吃香的喝辣的，你只有吃香的喝辣的才能让你的爹娘跟着享福。我于是暗下了考大学当官的决心。我学得很刻苦，每门课业在班里都排在前列，我是班里的学习委员。冬天上早自习时，我走六华里赶到学校，天还没有亮，点上煤油灯便开始读书；夏天下大雨，没有伞，蓑衣也会被淋透，淋透就淋透，到学校把衣裤拧干了穿上就是。没料到的是，“文化大革命”在我读初中时突然爆发了，我的大学梦只做了一小截。

“文化大革命”初期，我和同学们一起去“破四旧立四新斗争牛鬼蛇神”。我们把班里的学生分成“红五类”和“黑五类”，把有地主富农亲戚的同学当作“黑五类”，对他们极尽蔑视和奚落。我们把一位离过婚的女教师视为“坏分子”，在她的脖子里挂上了一双破鞋。我们把民国和民国以前的所有东西都视为旧东西，把一些好瓷器砰砰砸碎。后来，大串联开始，我随同学们步行去了韶山，看完毛主席的家乡后，又坐车去了长沙、株洲和上海。这是我第一次出远门，第一次看见构林镇以外的世界。坐船过洞庭湖时天在下雨，我望着烟雨迷茫的湖面想：湖南出过那么多的大人物，这块土地可能真有灵气，来走走看看也许会有好处，只不知自己此生会走出一条啥样的道路……因为学校不上课，又少有我喜欢的小说读，串联回校后，我便迷上了拉胡琴和打篮球。白天的很多时间，我都是在篮球场上度过的。

打篮球原本只为打发无书读的时间，没想到倒为自己打通了连接另一条道路的阻隔。1970 年的冬天，驻守山东的一支部队来我们邓县（今邓州市）招兵，领队的是一个姓李的连长，这连长酷爱打篮球且是团篮球队的队长，他这次来招兵还带有一个任务，就是为团篮球队再带回几个队员。他站在我们学校的球场边上看我们打球，偶尔也和我们一起打。我的球技不数一流，但身高一米七八，可能有点儿培养前途，他因此注意到了我，于是，另一条道路便在我眼前展开了——这年的 12 月下旬，我去山东当了兵。

这一年，我 18 岁。

多年后，当我回想当兵这件事时我才明白：一个人，可以影响另一个人的命运；一个机会，可以使一个人的人生发生重大改变。

我坐上了东去的运兵闷罐列车。我隔着列车门缝望着疾速后退的中原大地，心里有依恋，有不舍，但都很轻微，心中鼓荡着的，多是欢喜。

我终于可以独自外出闯荡了……

在乡间

我来到这个世界上时，20 世纪已经过去了 52 年，在中国的土地上持续了多年的战乱也终于平息下来。这个世纪送给我童年的礼物，除了社会的安定，还有贫穷和艰难。所以我很小就学会了割草、拾柴、放羊和剜菜。这诸种活儿给幼小的我带来过苦累，也带来过很多的乐趣。我对田野、对草地、对树林、对大自然的深爱之情就是从那时建立的。

我六岁半进乡村小学读书。我就读的那所小学叫河湾小学，河湾小学的校舍被一条名叫柳丰的弯弯的小河环抱着，半床清澈河水的浅唱伴着我和同学们镇日的读书声。那时疟疾还在乡间肆行，我记得我常常被疟疾击倒，盖几床被子睡在阳光下的山墙旁还依然抖个不停。打摆子过后我常常无力行走，但受尽了不识字之苦的父母总鼓励我坚持上学，病后的我有时被父亲背着送到学校，有时则是让也在小学读书的一个远房姑姑背着我到校。那位远房姑姑长我七八岁，她上学晚，年龄大力气也大，我至今还记得把双手环在她的脖子里把头搁放在她肩上的那种摇摇晃晃的舒服之感。愧疚的是当我成年之后，我很少再去看望这位嫁在邻村的远房姑姑。

家境的窘迫使我知道我必须把书读好，不然就会愧对父母。我的语文和算术成绩一直不错，我的一些作业本也是学校奖励的。这些小小的奖励不仅多少减去了一点家庭的负担，而且给了我能学习好的自信和勇气。我把那些印有“奖品”二字的作业本保存到当兵之前。

我是一个胆小的孩子。我害怕看打架的场面，一旦看见有人捋袖要打架，我总是赶紧避远。有时因为做什么游戏惹了别的同学，每当他们开口辱骂或是伸拳要打时，我总是吓得要哭。我小时候虽然胖但力气不大，我想我的懦弱可能与气力不大有点关系。当然，我内心也很要强，每当受了别人欺负的时候，我总在心里说：咱们等到考试时再说吧，我的考试成绩一定要压过你！

我小时候的肤色很黑，即使今天也不白。娘说我小时候在水塘里洗了澡再经阳光一晒，浑身黑亮黑亮的。村里的几位远房爷爷常叫我“黑胖”。每当我吃饱了饭把黑亮的肚子腆起时，那些爷爷们见了不是用手指弹我的肚子就是用烟袋锅敲我的肚子。我小时候很能吃，晌午饭吃三碗稀面条，下塘洗了澡上来还能再吃一碗。几碗面条把我的肚子撑得好高，走起路来总是一晃一晃的。我小时候一直被“饿”这个家伙死死缠着，白馍、面条、胡辣汤、饺子、“锅出溜”这些饭食一直诱惑着我。我那时常心存一个愿望：如果我日后学成当了官，一定要好好吃几顿白馍！

我的爷爷和外婆在我出生前都已过世，奶奶和外爷是在我记事后先后死的。奶奶和外爷的面相我已记不清楚，但他们给我做好吃的东西的事儿还留在我的记忆里。我记得奶奶总把特意为我保存的白馍掰碎泡进开水碗里，再在碗里撒点盐末、倒一滴香油让我吃，这种叫“馍花”的加餐已经永久地留在了我的脑子中。外爷虽是个男子汉，但做“锅出溜”的手艺很好，我认为他做的“锅出溜”是我此生吃过的最好吃的东西。

因为我是长子，父母对我很是溺爱，打我的次数不多，但也有过。我记得较清的一次是父亲用脚踢我，是当着众人踢的，而且踢得很疼。那次为了反抗也为了报复，我在家里那张方桌的桌掌上拴了一截麻绳，而后对娘申明我要上吊而死，娘又气又好笑地用剪子把那截麻绳剪了。

我十岁半那年结束了初小的学习并考上了高级完小。高级完小在离家六里的构林镇上。我是在秋天一个艳阳高照的上午背着一个用花布缝成的书包和几个杂面馍去构林高小报名的。从此，我的又一段生活开始了。

夏夜听书

少时，夏夜里最有趣的事儿，莫过于听大鼓书。

农人们收完麦种罢秋，夜晚天热一时睡不着，便要请附近的鼓书艺人来说段书热闹。大伙儿拿把蒲扇拎个小凳往月亮下一坐，静听说书人说一段或喜或悲的古时故事，也算一桩享受。

在我们那一带村子中，最有名的大鼓书艺人要数秀成。秀成姓冯，那时有四十来岁，口才极好，鼓的敲法也与寻常艺人不同，逢他来说书，村中很少有人不去听的。

村中夏夜说书通常都在老碾盘旁的大空场上，那个长满葛麻草的空场足够坐几百人。哪天晚上秀成要来说书，一般都有前兆，就是村上有人拎一个口袋，挨家挨户收苞谷。每家不管人口多少，一律用吃饭的碗舀一碗苞谷粒出来倒进那个口袋，这收起来的苞谷是给秀成的酬劳。不管平日多么抠门的人家，舀这碗苞谷时都很痛快，因为这碗苞谷立马就会换回一阵享受哩。

我们这些孩子，一见有人收苞谷，就知道晚上秀成要来说书了，于是就催娘早做晚饭，而且在天还不黑时就搬了家中的凳子去老碾盘前占位置，那位置当然是离秀成放鼓的地方越近越好。我那年月去占位置时，除了搬凳子，还总要抱一领苇席铺在凳子前的草地上。我爱坐在苇席上听书，听累了的时候，就把头枕在娘的腿上或半倚在娘的身上听。

占罢位置，我们就奔回去急急地吃晚饭。唯有这些晚上，各家大人不需喊孩子回家吃饭，因为都已早早地围在了锅台前。呼噜噜吞完娘给盛上的面条或稀粥，手上捏个馍就又往老碾盘前跑。

先到的全是我们这些孩子。大伙儿互相品评着谁占的位置好，也有人学秀成的腔调说上几句，惹得大家一齐疯笑。大人们这时也打着饱嗝三三两两地来了，一阵“吃了没？”“吃了！”的寒暄过后，就各个在自家孩子所占的位置上坐下。有些光棍汉没人给占位置，他们就拎着小凳往前挤，于是就引来抗议，可他们照样嬉皮笑脸地往空隙里插，有的还朝按辈数可以开玩笑的女人身上捏一把，引来一阵笑骂。

当人们黑压压坐齐时，秀成便由村干部们陪着向空场上走来。秀成抱着他那面圆鼓，其余的鼓架、鼓槌、书桌、茶壶、椅子，则由村干部们拿着。这时人们都静下来，默看秀成摆放他的说书家什。待摆放齐毕，秀成喝一口水，清一下嗓子，啪地用惊堂木在小桌上一拍，双手抱拳四下里一揖说道：“列位听官，今夜里由不才秀成为诸位说个段子解解闷儿，说得好不求鼓掌，说得坏则求宽谅，今晚书说瓦岗寨——”他说到这儿拉一个长腔，接着就操起鼓槌敲了起来。人们就在这鼓声中惬意地倾起了耳朵；有时，月亮也在鼓声中探出头来，看这一场子聚精会神的听客。

秀成说的鼓书内容大致可分两类，一类是武打的，如赤壁大战、杨家将、林冲上山等；一类是言情的，如《西厢记》、樊梨花、守寒窑、闹洞房等。这两类我都爱听。他所说的许多故事和人物都深深印在了我的脑子里，至今我还能背出他形容一个侠士腾空飞檐情状的语句：只见他两膀一耸，双脚一拧，使一个聚气吹灯、旱地拔葱的姿势，只听嗖的一声，如蝙蝠过耳、燕子掠空，唰一下站在了房脊上……

秀成用他那张巧嘴和那柄鼓槌，把我带进了一个又一个神奇的故事中。我常常忘了月亮，忘了星星，忘了夜风，完全沉浸在他所渲染的砍杀搏斗里，沉浸在他所讲述的悲欢离合中。

当然，有时实在是困极了，我会在不知不觉中睡熟到席子上，让娘在散场时摇摇晃晃地把我抱回家。如果是这样，第二天，我就一定要找大人问明我没听上的那一段书，以让故事完整起来。

这样的夏夜已经过去许久了。

今天，我不知道那位叫秀成的鼓书艺人是否还活着，我多想让他知道，是他说的那些鼓书，对我做了最初的文学启蒙。

那些响着秀成的鼓声的夏夜和乡下人渴求精神享受的情景，将永远留在我的记忆中……

在构林

构林是一个不大的镇子，位于宛襄公路的中段。古时候它是一个驿站，在很长的冷兵器时代，拥有寨河和寨墙的它曾是这条通道上的一个关口，所以它又称构林关。

我在构林镇读完了高小、初中和高中。在我求学的这段日子里，构林镇萧条得可怜。两条不长的街呈十字形摊开，街上的店铺十分稀少，我记得有一个百货店、两个土产杂品店、两个饭馆、一家照相馆、一个邮电所和一个粮管所，还有一个很少开门的戏院。但就这样一个世界也令我十分新奇，它比我住的村庄和我们那个河湾小学，要大得多也热闹得多了。

我们的学校在镇南边，高小在西，中学在东，两校只隔了一条并无多少水的小河。我读高小时不住校，每天早上天不亮就起床，喊上同村的同学一起往六里外的学校走，每天下午放学后再步行回家。早上带点儿干粮和捣碎的咸辣椒，中午在学校里吃。干粮就是娘用最好的红薯干碾成面后给我烙的饼，那种饼很黑，凉了以后好硬，好在学校的教师食堂有一个工友专门负责给学生用笼屉把干粮蒸热，还负责供应开水。每天上午的第二节课结束以后，带干粮的同学们就把自己带的干粮送到伙房放进笼屉里去。为了防止弄混，同学们要么是把自己的饼子装进一个小布袋放到笼屉上蒸，要么是用一根刻有姓名的筷子把饼子串成一串放到笼屉上。我常常采用的是后者。就是这种吃法败坏了我对饼的胃口，使我此后再看见饼——不管它是用什么面做的——心里就难受，就无吃它的兴致。

在高小的两年里，给我印象最深的老师是教我语文的两位班主任，一位叫范荣群，一位叫郑恒奇。两位老师都经常表扬我的作文写得好，作文评讲的时候，还常在班里念我的作文。五一节、国庆节学校出特刊，两位老师总把我的作文推荐到特刊上——就是用墨笔抄在大白纸上贴到墙上。这些小小的表扬和看重，满足了我的荣誉心，也刺激了我学习语文的兴趣。我除了完成规定的语文作业，还抽空写一些作文，这些作文的内容我已经记不起了，但它们大概是我最早的散文写作练习。也就是从这个时候起，我开始读课外书——小说。我最早读的小说是《高玉宝》，这本自传体小说曾让我着迷了好长一段日子。

升入初中之后我开始住校。娘给我缝了一床大被子，爹用麦秸给我织了一个铺床的稿荐外加一领高粱秸席，我就这样睡进了那个容纳四五十个男生的大寝室。冬天寝室里放一个大木尿桶，半夜里我常被哗哗的撒尿声惊醒，所幸我那时正是贪睡的年纪，这响声并不妨碍我很快又沉入梦乡。

住校后吃饭成了大问题，三顿饭都吃干粮显然不行，但三顿饭都在学校食堂买着吃家里又拿不出这部分钱。爹娘先是让我在学校附近一家亲戚家吃，后来又让我自己单独做。爹给我买了一口小锅，在学校旁边的一个村子里找了一个熟人，让我在他家的灶屋里用几块土坯把锅支起来，爹每隔两三天给我送来一点柴火、一点娘预先擀好的面条、一点苞谷糁和洗净的红薯。我做饭的手艺就是在这段日子锻炼成的。但我实在不愿自己动手做饭，一则是懒，一则是自己做的饭太不好吃。后来总算有了一个办法：学校近处一个孤独的老汉愿意为我们这些吃不起学生食堂的远乡孩子做饭，不收任何钱，条件是管他吃饭，每个学生家里每个月多送四斤面来。于是我们一共十二个远乡同学凑在一起吃饭。这段搭伙吃饭的日子留给我最深的记忆是唯恐自己吃不饱。老人每顿把饭一做好，我们十二个人就围了上去，争着去先盛饭，唯恐别人吃得多自己吃得少。饭盛到碗里以后，大家谁也不说话，只一个劲呼呼地喝，十二个人吞起面条来真像刮风一样，为了抢在别人前头多吃一碗，有时嘴里都烫出了泡。

我们这所中学里有一个藏书几万册的图书馆，还有一个不错的阅览室。这两处地方浓厚了我对写作和文学的兴趣。我常到学校的阅览室里去看各种各样的文学杂志，我最爱读的是《奔流》。

我有一个借书证，我从图书馆里借来了《一千零一夜》《青春之歌》《战火中的青春》《长城烟尘》《红岩》《林海雪原》《敌后武工队》《红旗谱》等一大批小说，这些小说把我领进了一个个新奇的世界。我对作家的敬佩就是在这时萌芽的，“我要能写一本书那该多好”的企望就是在这时像豆芽一样从心里拱了出来。

不幸的是“文化大革命”开始了，这场“革命”把我那个刚刚出芽的愿望一下子砸断，大批的作家被划为“黑五类”让我感到了当作家的可怕。这场“革命”给我的唯一好处是让我外出串联了两次：一次是坐车，我到了武汉，到了株洲，到了南京，到了郑州；一次是步行，沿襄樊、荆门、荆州、沙市、公安、益阳、湘阴这条路走到了韶山，后来又到了长沙和上海。这两次串联让我大开眼界，让我知道了外面的世界原来很大。

学校完全“停课闹革命”之后，我曾经回家干了一段时间的农活。在干农活的单调时光里，我读了浩然的长篇小说《艳阳天》，这可以说是在当时唯一可以找到的小说。不管今天怎么评价这部小说的思想和艺术价值，但在当时它确实深深地吸引了我。萧长春这个书中的人物是那样鲜活地站在我的面前，使我再一次感到了小说这个东西的奇妙。原来被砸断的那个想写一本书的嫩芽，又一点一点地从心里挺了起来。

“复课闹革命”之后我被贫下中农推荐上了高中。但这时我家已经更穷，每星期去学校时能拿到五毛钱都属不易，穷困使我迫切地想离开农村。况且这时的高中已经学不到什么东西，我们常常被派下去学农。我曾到拖拉机站跟随开拖拉机的师傅们下乡，学开东方红链轨式拖拉机犁地。我渐渐看明白，这辈子要想不当农民，靠上学读书是不行了，必须另想法子。恰好，1970 年 12 月，山东的一个部队来小镇招兵，我报名后，因身高 1.78 米可当篮球队员而被顺利批准。12 月下旬的一个早晨，我们这些新兵坐上了汽车，我的军旅生涯随着汽车在寒风中的启动而开始了。

这段小镇上的求学生活和对文学的最初向往，为我今后以操作文字写小说为生打下了最早的基石……

中 学 时 代

我上中学是在河南邓县三中，也就是今天的河南邓州市第三高级中学。

那时候考初中是一件颇难的事，几个人中才能考上一个。我是以优异的成绩考上三中的，而且一入学就在班上当了学习委员。

学校那时自然也教育我们要为祖国好好学习，其实不用教育，我也知道努力。那阵儿我的家境和中国大多数平民百姓一样，十分艰难，眼见得自己的学费是父母拼命干活挣来的，怎敢再贪玩？为了节省学费，给父母减轻负担，我每个学期都争取当上“三好学生”——“三好学生”新学期的课本和作业本是由学校奖励的，不需交费。

学校抓学习抓得很紧，校园里的黑板上，经常出一些疑难的数学题，谁要做出了正确答案谁就会受表扬。我那时争强好胜，一见难题就想先解出答案，常常在课余时间为那些难题忙碌，最后为得到老师的表扬而沾沾自喜。

学校里那时有一座藏书两万八千余册的图书馆，每个同学都可以办一个图书借阅证。我充分地利用了这个借书证，在图书馆里借阅了《长城烟尘》《三辈儿》《播火记》《野火春风斗古城》《敌后武工队》《青春之歌》《林海雪原》等小说，大开了眼界。我那时看小说完全是被故事所吸引，看完就津津有味地给别的同学讲述。那阵子我对写小说的人真是敬佩不已，许多年后我才知道他们原来也是一些极普通的人，并无神秘之处，也需要吃饭、睡觉、喝开水。

那时实行学生住校制，一个月允许回家一次，每天都有早自习、晚自习。我乍从小学升到初中，猛地离开家，还真是想家，夜里总做梦。大概三个月以后，这种想家的毛病才算消去。男学生的宿舍是那种三开间的大房子，一律的木床，一个宿舍里住四五十个人。宿舍里的木床排成两排，中间有一个过道，到了晚上，过道里放上一个大木桶让大伙撒尿。那时根本不知道还有“失眠”这两个字，头一沾枕头就睡死过去，天大的事也不知道。

吃饭是那时最难解决的问题。学校里有食堂，但一个月要交四五元钱，我交不起这笔钱，就自己做。由父亲送来红薯、苞谷糁、柴火，还有一点娘擀好的杂面条，在学校附近的尹营村找个人家，在人家的灶屋里用几块土坯支一个小铁锅，自己烧火自己煮红薯稀饭或杂面条吃。饭常做得半生不熟没滋没味，但每顿都是狼吞虎咽地吃完了。后来，随着家境的逐渐好转，我才在学校吃起了食堂。

我一升入初中就下定决心，一定要考上高中，考上大学，好日后报答含辛茹苦的父母，但时运不济，碰上了“文化大革命”。学校很快乱得一塌糊涂，我虽然趁机外出串联，免费去了武汉、长沙、韶山、株洲、南京、上海、徐州、郑州，开了眼界，但学习却耽误了下来。这期间，没法上课读书，我开始学拉二胡、学打篮球。我的二胡演奏水平渐渐提高，到后来已可以上台演出了（但不敢独奏）。打篮球的水平也提高得很快，为我后来的入伍打下了基础。

1968 年下半年“复课闹革命”，我被我们村的贫下中农推荐到三中读高中。我依然想通过读书寻找出路，无奈这时的教师们早无了教书的心思，学校里也无严格的教学制度，学习时紧时松，经常到乡下学农。我利用学农的机会，到拖拉机站学会了开链轨式拖拉机。我想，如果没有别的办法，我这辈子就开拖拉机为人犁地算了。

我就在这时紧时松的学习生活里晃到了 1970 年冬天，这时，一个重要的机会向我姗姗走来了——山东一部队来我们镇上招兵。我决定当兵，到外面的世界去闯一闯，兴许能闯出一条生路来。那一年县上规定不准应届生当兵，可我决心走，幸好，来招兵的李连长喜欢打篮球的学生，他见我身高一米七八，又胖又有力气，而且球技不错，就坚决要我。最后，我背着学校悄悄参加了体检，并最终穿上了军装。

当满载新兵的汽车启动时，我那有笑声也有辛酸、有自豪也有愧悔的中学时代便一下子结束了。

农 家 美 味

我们豫西南乡下农家，日子虽然过得紧巴，但在饭菜上却独有特色，有许多是城里人根本吃不到的美味。我至今只要一想起母亲过去常给我做的那些饭食，嘴里还总要流些口水出来。

蒸槐花是母亲最拿手的一道菜。逢槐花开的时节，母亲总要拎个小筐，到门前的几棵槐树上掐些槐花下来。母亲说槐树上的花摘掉一些对树的生长发育并无妨碍。母亲把摘下的花去掉花梗，在清水里漂洗之后，拌上白面，撒匀各种作料，而后放到锅上蒸。在蒸的过程中，厨房甚至整个院子都飘溢着一股浓浓的槐花香味。蒸熟之后，母亲再浇一点蒜汁一拌，盛到碗里就可以吃了。蒸槐花吃到嘴里有一股青鲜之气和独有的香味，吃下后人特别精神，传说年轻姑娘们连吃几次，连身上出的汗都是香的。

炸南瓜花是夏秋之交母亲爱做的又一道菜。我们家每年房前屋后都种许多南瓜，南瓜开花时，往往开得很密，如果听任每朵花都去成瓜，那势必会分散瓜秧上的养分，结果使得每个瓜都长不大。这就需要像间庄稼苗一样掐掉一些花，这些掐下的花扔掉可惜，母亲便将它们先用清水冲净，而后放在油锅里嫩嫩地一炸，出来撒些盐末在上边，吃起来那香味是双重的，一种是油的香味，一种是花的香味。而且南瓜花炸出来还是一朵一朵的，保持了花的原样，看上去真是赏心悦目。

蒸马氏菜是秋天母亲常做的又一道菜。马氏菜是野菜，田埂和庄稼地里到处都是。我不知它的学名叫啥，它的茎是圆形的，极脆，一碰就断，叶很小。这种菜又称“晒不死”，你把它拔掉，在阳光下再怎样曝晒，只要一遇雨，它立刻就又活了。母亲下地干活时，总要抽空拔一些回来，先用水洗净，然后拌上面捏成条蒸，蒸出来用刀切成方块形，再拌上蒜汁，就可以吃了。这种蒸马氏菜入口也是一种青鲜之气，可以当饭吃，吃上一碗两碗都行。

烙油馍是母亲在来客时才做的一种吃食。这种东西介于饼和馍之间。做法是把白面和好，用擀面杖把面团压成饼状，在上边抹上一层香油、盐末、葱丝和茴香粉，而后再把面折起揉成一团；接下来再擀成饼状，再抹一层香油、盐末、葱丝和茴香粉，而后再折在一起，揉成团。如此反复多次。最后擀成直径一尺大小的圆饼，去锅上用文火烙熟。这种饼两面焦黄，内里有许多层，表皮吃上去又焦又酥，内里吃上去又香又软，真是妙不可言。

羊肉萝卜汤是母亲大年三十中午必做的一道过年饭。先把羊肉剁成小块，和羊骨头、羊杂碎、羊血及一些羊油一起放进锅中煮，待差不多煮熟时，再把白萝卜切成麻将牌那样大小的块，加上作料放进锅里熬，萝卜熟了之后就可以停火。这种汤连肉带萝卜一齐吃，喷香，能吃得人周身大汗，据说还可暖胃、壮阳、治关节疼。

人们的饮食爱好大都是自己母亲培养起来的，我的饮食爱好也是这样。母亲用这些来自田野和宅前屋后不起眼的东西做成的吃食，我一直视为最好吃的东西。如今我生活在城里，有时也应邀赴一些挺高档的宴会，每当看见桌上的那些大鱼大肉山珍海味时，我就想起了母亲做的那些上不了菜谱、饭谱的吃食。我想，我日后如果有钱开餐馆，一定开一个“农家美味馆”，让城里人也尝尝我们乡下人常吃的东西，说不定吃这种东西反倒会长寿哩。

昨日琴声

最初让我对二胡这种民间乐器产生兴趣的，是一个盲人。好像是一个正午，九岁或者十岁的我正在屋里吃饭，忽听门外响起了一种很好听的声音，我闻声端了饭碗出门去看。原来是一个瞎子靠在俺家的门前在拉一种琴，拉出的声音十分好听。我惊奇地看着他手的动作，母亲这时已端了一碗糊汤面条出来对他说：大叔，先吃吧。那人闻言，停了拉琴，从自己背着的一个布兜里掏出一只碗，让母亲把面条倒进去，之后，他便蹲下吃面条了。我原以为他吃完还要再拉那琴的，不料，他吃完就向另一家走去，这让一直等在那儿的我很不高兴。我朝着他的背影说：嗨，为啥不拉了？母亲闻声又急忙出来把我扯进了屋里，低声对我说：不要耽误他，他要趁这晌午饭时去尽可能多地讨点吃的东西。我这才明白，他拉琴是为了讨饭吃。那琴的声音实在好听，我接下来便一直跟在他的身后，看他不断在其他人家门前拉琴讨饭。他大约是听出我一直在跟着他，在吃饱之后临出村时对我说：小弟弟，你既然是爱听这二胡琴声，我就给你拉一段吧。说罢，在村头的一棵树下坐定，就拉开了。我自然听不懂他拉的是什么曲子，但被他的琴声完全征服，一个人蹲在他面前长久托腮不动。那是少时的我第一次被音乐迷住，那是我此生所听的第一场音乐会。

那盲人那天临走时拍拍我的头问：小弟弟，你从我这弦子里听没听出我在对你说话？

我摇摇头，一脸茫然。

他叹了一口气，默然走了。

就是从这天过后，我记住了二胡这种乐器，也对拉二胡生出了兴趣。我那时的想法是：如果我会拉这种胡琴，我就会让我的伙伴们感到惊奇，而且也有了一个去除心烦的法子。

几年之后，我进入了初中。我所在的中学有在节庆日演文艺节目以便师生同乐的传统，老师常鼓励我们学乐器，我便毫不犹豫地报名学拉二胡了。当老师把学校的一把二胡交到我手上时，我满是新奇和高兴。

最初的学习自然是困难重重，我要学识简谱，要弄懂怎样调弦，要熟悉琴上高中低音的位置，要练习运弓，要懂得如何在琴筒上滴松香。我一开始拉出的声音完全像杀鸡，连我自己都觉得刺耳无比，一些同学听到后总要捂上耳朵急忙逃避。我当然着急过、气馁过，被一些同学讽刺过，但我最终坚持下来了。我常在内心里进行自我激励：一个眼睛看不见的人都能拉出那么好听的琴声，你为何就做不到？练，一定要练出个名堂！

就是凭着这股不服输的劲头和持续的操练，琴弦和琴弓在我的手中渐渐听话，一些好听的乐句慢慢流出。终于有一天，当我再拉琴时，有同学会自动停下来听上一阵，并朝我飞来一个惊奇的眼神。我知道，我已经在向成功靠近了。

尽管我在学校里到最后也没有获得上舞台拉琴的机会，可我自己能听出，我的琴声已差不多可以用“动听”来形容了。重要的是，在我学会了拉二胡之后，我有了一个抒发心绪的新途径。每当我高兴的时候，我就拉欢快的曲子，让乐曲把我心里的欢乐尽情表现出来；当我烦闷的时候，我就拉那些忧郁的曲子，让乐曲把心里的不快倾吐净尽。这以后，我开始接触《良宵》这支著名的二胡独奏曲。我那时不知道它是谁作的曲子，也不完全理解它要表达的东西，可我喜欢学着拉它。每当曲子在琴弓下展开时，我都能看见月光、树影、水波，能听见虫鸣、风声和人的细语，能闻到花香和青草的芬芳，能觉出一个小伙儿和一个姑娘在眼前舞蹈……

我真正上舞台拉琴是在离开中学之后。这时，我已从军到了部队上。逢我所在的连队开晚会，我偶尔会操琴和其他战友一起上台拉上一曲。每当战友们的掌声响起时，我常常会想起我的中学时代，想起最初学琴的日子，心里会生起一种类似庆幸的东西，庆幸自己在中学阶段没有浪费旺盛的精力，学了这个额外的技艺。

大约在提升为军官之后，伴随着事务的增多，我又渐渐疏远了胡琴。尤其是在我找到了新的倾诉方式——写作之后，便再也没摸过胡琴。如今，已是几十年过去，我与胡琴差不多又成了互不相识的路人。眼下，只有一个与胡琴有关的爱好还保存着，那就是爱听二胡独奏曲。不管我身处什么地方，只要一听到有二胡独奏的曲调传来，我都会立刻停下步子侧耳去听，心就会激动起来并很快沉浸在琴声里。

人一生的许多行为都产生于另一些人的影响，我爱胡琴是因为听了那个盲人的琴声。那个眼睛看不见的爷爷可能想不到，他的琴声改变了一个男孩儿在中学时的追求，并进而影响了他脾性的形成——我是很久以后才明白，我脾性里的那种沉郁成分，和二胡琴声里的那种沉郁味儿，很相近。

一盅茶

那家开在大街上的茶馆吸引着我——不是因为茶，那时的我对茶是什么滋味尚不清楚，对喝茶有啥好处更不明白。我之所以常常走近它，是因为它里边有唱坠子书的。唱河南坠子的是一男一女，男的五十来岁的样子，眼有些耷蒙，但偶尔应腔时声音却响得震耳；女的年轻些，脸长得很耐看，尤其是嗓子脆生。那男的把弦子拉得极是抑扬动听，女的唱起来吐字很清且十分悦耳。常常是弦子一响，满茶馆的茶客便都静了下来，只听那女的脆脆地叫上一声："列位听官，昨日唱到樊梨花夜深思郎，咱们今日接着唱樊梨花天明进到后花厅……"

我一有机会总是扒在门框上探了头去听。这当然不过瘾，一是有些唱句听不太清，影响我记住故事的情节；二是茶馆伙计来来回回地给茶客的茶盅续水，不时截断我的视线，使得我看不清楚那女的的表情和手势。因此，我一直想找机会溜进茶馆，以便听个仔细看个痛快。但这并不容易，茶馆老板对不喝茶只听唱的人极其反感，尤其是对我们这些穷学生，他决不让一个蹭听的人混进茶馆里。胖胖的他总是站在门口，盯着往里进的人，谁进门，必得先交一毛茶钱。我哪里有钱去喝茶？即使口袋里有钱，也是供上学用的，怎舍得交给他？

一天，正当我站在门口探头去听时，街上忽然有人喊老板出去有事，没有了把门的人，我心中一喜。那日唱的好像是一出武汉，戏里边的双方正打得热闹，我急切地想听个明白，于是就不管三七二十一地溜进了茶馆。我听得很过瘾，且目不转睛地看着那女的边唱边做各样手势。我渐渐进入了戏中角色的喜怒哀乐之中，当一个角色因为胜利哈哈大笑时，我竟也出声地呵呵笑了。我的笑引起了茶客们的侧目，也跟着引起了重又站在门口的老板的注意。只见他手拎一条擦汗的毛巾大步朝我走过来，我自然开始慌张，有心想跑，无奈茶馆的回旋空间太小，我没法逃脱，只好等他走近我并拎住了我的耳朵。我被拎到了一个墙角。老板凶凶地看住我并用手指点着我的鼻尖压低了声音喝问：“你说咋办？”

我低头搓着衣角，没有回答。我真的不知道咋办才好。

“两个办法，头一个是你去给我挑十担水！”

我望了望茶馆炉前的水桶和扁担，它们不是我这身个儿能挑起来的。我嗫嚅着说：“我挑不动。”

“挑不动就老老实实给我出一毛茶钱！”

我把身上的两个口袋翻过来让他看：全是空的。

“那就用你的书包换！”

我急忙抱紧了自己的书包：一毛钱就能换我的书包？

“反正你今天不给钱就别想出老子的茶馆门，你这个小赖皮！”

有一些茶客开始嬉笑着回头看我。

满脸屈辱的我最后只好从书包里摸出了一支新铅笔：“我这铅笔是用一毛钱买的，给你！”

他接过去认真地看了一阵，才点点头说：“好吧。”

我流着眼泪看着他转过身去，这时我突然意识到，就这样结束此事有点儿不公平，我叫住他说：“给我送一盅茶来！”

他回头有些发怔地看着我。

“我既是付了茶钱，你就应该给我上茶！”

他没再说话，只是扭头去给我沏了一盅茶，端来重重地放到了我面前的桌上。我挺了挺身子，在凳子上坐下。我原本是想像别的茶客那样一脸平静地边听坠子书边喝茶的，可当我端起茶盅去吹漂在水面上的茶叶时，我的眼泪流得有些急了。那是我第一次正正经经地喝茶，可我并没有喝出什么滋味，更不知道是用什么茶叶泡的。不断线的眼泪使我没能把那盅头泡茶喝完便跑出了茶馆，连我最喜欢听的坠子书也没有听完……

吃甘蔗

虽然我们邓州地界不产甘蔗，可我吃甘蔗的历史却很悠久，大约从我的牙能咬动甘蔗时就开始了。那些走村串户的小贩，肩上扛一捆甘蔗，离村边还有老远就高喊：甘蔗甜嘞——我们这些孩子闻声，先是一齐围上去，望着那些甘蔗流一阵口水，而后便各自回家缠磨自己的母亲去买。母亲们被缠磨不过，一边骂着“吃，吃，是只晓得吃的货！”一边去罐子里摸鸡蛋或去箱子里摸纸票。我记得那年月娘只要给我买了甘蔗，我总是吃得很慢，主要是想延长甜的时间；而且每次都是从甘蔗梢吃起，把甘蔗最甜的部位——根部留在最后，为的是越吃越甜。

少时的我本能地追逐着甜，认为甘蔗是世界上最好的东西。

那年月，逢父亲上街赶集，我最盼望的是他能从镇街上买一根甘蔗回来。快到父亲从街上回家的时刻，我总要跑到村边去眼巴巴地望着。若是看见父亲手中未拿甘蔗，我会失望地先跑回屋里；倘如是看见父亲手中拿着甘蔗，我会欢快至极地迎上前去。

从父亲手中接过甘蔗，我常常并不急着吃，而是拿着它先去村中转上一圈，向伙伴们炫耀一番。

我那时也最盼我们村子或邻近的村子里唱戏，因为一唱戏，卖甘蔗的小贩就会云集而来，我被父母牵着手在戏场上转悠，就很容易提出买一根甘蔗的要求；而且倘在戏场上碰见亲戚，他们也总要买一根甘蔗作为送给我的礼物。

我那时在心里暗暗发誓，有朝一日我有了钱，我一定要过过吃甘蔗的瘾，饱饱地吃一顿。我后来当兵提了干部发了薪金，真是实现了这个愿望。我专门去街上买了四根甘蔗，蹲在城边僻静处全部吃了下去。那天我吃得连打饱嗝，连舌头都发疼了。

这之后我的收入在不断增加，买甘蔗的钱是大大地有了，但我对吃甘蔗的兴致却越来越小。妻子知道我有吃甘蔗的爱好，有一年春节，她特意上街买了一大捆甘蔗，可我吃了半根就不想再吃了，后来又断断续续地吃了两根，竟渐渐完全忘记吃了。几个月后妻子收拾贮藏室时发现了它们，它们已经干得如柴火一样。

那天，当妻子抱着那捆变干了的甘蔗往垃圾堆上扔时，我呆坐了许久。我忆起在久远的过去我对甘蔗的那份亲密，我为自己如今对甘蔗变得如此薄情而感到惊疑。我在想，也许随着人的年纪的增加，随着人的阅历的增多，人都会抛弃过去曾经一心追求的东西……

村边水塘

我们那个位于中原西南部的村子周围，无大江大河流过也无波光潋滟的湖泊，有的只是许多天然的水塘。这些水塘像一面面不大的镜子镶嵌在村子的四周，倒映着蓝天白云、竹篱茅舍和青砖瓦屋，滋养着村中一代又一代人。

这些水塘的形状各异，有圆有方有狭长，也有不规则的多边形。面积大小不一，大的，水面面积有 1000 余平方；小的，只有几丈见方。水的深浅也个个不同，深的，有一丈多；浅的，不过几尺许。水塘的岸上都植有柳树、杨树，塘里或有苇或有荷或有菱角，不少的塘里还放养有鲢鱼、鲤鱼。

每天清晨，歇息了一夜的水塘就开始笑迎客人。小伙子们会拿了牙具到塘边洗漱；姑娘们会拿了木梳蹲在塘边对着如镜的水面梳理长发；被关了一夜的鸭子和鹅开始嘎嘎叫着奔到塘岸，欢快地扑进水中开始一天中的首次畅游。

当太阳移至头顶之后，水塘则差不多成了女人们的世界。各家的女人吃罢午饭之后，大都一手拎着棒槌一手抱着洗衣盆，袅娜着走到塘边，在青色的洗衣石旁蹲下，一边槌洗着衣服一边漫无边际地聊天，说到热闹处，成群的笑声在水面上回旋，惊吓得那些在苇丛里打盹的鸭子都飞上了岸。

黄昏来临时分，在地里干了一天活的牛们开始由各家的孩子牵着，慢腾腾地踱到塘边饮水。间或牵牛的孩子和饮水的牛会一同被塘水中倒映的晚霞迷住，凝了眸长久地盯着水面不动。也许是因为塘水的甘甜，也许是因为干活时出汗太多，牛们饮水时总是把嘴深深地扎进水里，长长的一气痛饮之后，有时还会快活地抬头长哞一声。这时辰，一些奶奶、婶婶也会来到塘边，催促那些仍赖在水中玩耍的鹅、鸭回家进笼。牛的长哞和鹅鸭们的叫声汇聚在一起，像歌一样好听。

春末夏初是水塘容貌最漂亮的时候。这时节，塘里的苇子会嫩叶婆娑，荷花会开得五彩缤纷，塘边的柳树枝条低垂，草鱼们会高兴于水温的升高，不时跃出水面斜斜地一飞。偶有微风起时，一塘清水会荡起好看的涟漪；逢到细雨飘时，水面上和荷叶上会溅起万千珍珠似的水滴。到了夜晚人静之后，蛙声会此起彼伏响成一片，声播数里。

三伏天是水塘里最热闹的时节。孩子们会脱光了衣服跳进水塘里洗浴；喜抓鱼的男人们会拿上罩鱼的家什跳进塘里罩鱼；会摸藕的少年们会顺着荷叶秆扎进水中摸出白生生的嫩藕；老汉们会坐在塘边，一边吧嗒着旱烟袋一边把双脚惬意地伸进水里。每年的这个时候，水塘里总是被欢乐的笑声填得满满的。

水塘在人们年复一年的笑声里竟也慢慢发生着变化。最显著的变化是水在日渐减少。早先那些年漫到塘岸的水如今都不知溜到了哪里，人们只见塘中的水位在一天一天地下降，有些小的水塘竟完全干涸了。近一两年塘水消失得更快，前不久我回到故乡，见几乎所有的水塘都露出了底，最大的那个水塘虽然还有一点点水，但水已变黑发臭。水塘里已没有了蛙鸣荷香，没有了鱼跃人笑，只剩几茎苇子在风中摇晃，发出类似呜咽的声响。我记得我当时在塘边呆愣了许久。

不过几十年时间，我从少年走到了中年，而水塘，也从盛年走到了暮年，进入了垂死状态。

变化竟是如此快啊！

村里的老人们望着干涸的水塘叹息：八成是管水的神灵发了怒了……

而我却在猜测：下一个走进暮年就要消失的，将会是乡间的什么景致？是树林、绿地、清新的空气还是翩飞的鸟群？……

地上有草

地上有草。

你可能知道这个事实，却很少去想它的意义。

有草的地方，其实就是好地方。

我的家乡，便是一个盛产草的地方。

我们那儿土层很厚，雨水又多，所以村边、宅前、河坡、塘畔、田埂、地里甚至院中和院墙头上，一到春天，便都是绿生生的草了。而且草的种类繁多，什么葛麻草、蒿草、茅草、黄背草、刺脚芽草、猫眼睛草、龙须草、狗尾巴草等，应有尽有。母亲在我很小时就教我辨认草的种类，可那繁多的草名我实在记不清楚。据说，因为我们那儿是气候的过渡带，南方和北方的草都可以在那儿生长，所以啥样的草都可以在我们那儿找到标本。

我小时候，我们村子的南边是一片一望无际的草场，那里草深过人，是一个天然的放牧场所。里边有狼，有獾，有兔，有野猪，胆小的人一般不敢独自走进去。后来，国家在那里办了一个黄牛良种繁育场，少时的我每当看见一些骑马的人赶着成群的黄牛在那片草场上放牧时，就会和伙伴们大着胆子跑进草场，去看马、看牛，顺便看草。那真是一个美丽的草的世界，各种各样的草缠绕纠结拥拥挤挤，风一吹过，只见万千的草梢一齐俯身摇头，如水里的波浪一样直荡远方。草场里还有一股好闻的味道，近似于刚摘下来的梨子的味儿，让人闻着特别舒服。

听母亲说，我长到半岁的时候，因为天热，便经常被脱得精光放到门前的草地上玩。母亲说我在草地上爬得很欢实，常在手上抓了些草叶往嘴里塞，就像小鱼儿到了水里。母亲说，她每次要把我往屋里抱时，我总是扭着身子表示不乐意，偶尔还会大放悲声。

长到三四岁的时候，逢母亲下地锄草，我便跟到地里，学母亲的样儿把她锄掉的草捡起来，拿回家摊在门前，预备晒干了烧火做饭。

五六岁的时候，我便牵了小羊到村边的河埂上让它吃草，这是母亲分派给我的任务。这活儿我倒乐意干，看着小羊不停地把草芽用舌头卷进嘴里，直到把肚子吃得圆鼓鼓的，我心里就有一种莫名的快活。

上小学之后，一到放暑假，家里给我的任务便是割草交给生产队喂牛，以挣些工分分口粮。每天吃罢早饭，我就拎一个装草的筐子，筐子里放一把磨得铮亮的镰刀，跑到村外的河堤、田埂上找草旺的地方，找到了就蹲下去割，直到把筐子装满，而后扛在肩上往家走。

到了三年严重困难时期，我又和母亲一起，去把一些青草的芽儿掐下来放在锅里煮了吃，把一些草的根挖出来，晒干捣碎熬成糊糊吃。那期间不少饥饿的日子，我们就是这样在草们的帮助下度过的。

我至今还记得和儿时的玩伴们在蒿草丛里捉迷藏的情景。几个人分成两帮，一帮到村边那一人深的蒿草丛里藏起身子，另一帮负责去把人找出来，找不出，就要认罚。把自己的身子缩在草丛里，在头顶上再放一把青草，眼见得伙伴从面前过却没有发现自己，那份快活真是没法去说。

草，给我留下了多少难忘的记忆。

可能就是因为这些经历，我对草怀了很深的感情。不论什么时候看见草，都会有一种温暖和亲切的东西从心里涌出来，都想伸手去触摸它们；如果是看见一块草地，就总想在上边坐一会儿。有一年我在欧洲的喀尔巴阡山里穿行，看见山坡上全铺着绿毯一样的青草，高兴得对着山坡高喊了几声，那一刻，真是心旷神怡，让人直想变成鸟儿飞起来，去看遍这山中所有的绿草地。

也是因了这些经历，在我的内心里，总觉得草似人，也是有生命的活物。它初春绽出细芽时，犹如人的幼年，怕被践踏，需要保护；春末长成身个时，犹如人的青年时期，绿嫩可人；秋天茎粗叶宽时，犹如人的壮年时期，可傲然顶风。也正因有这种想法，我不愿看见草的枯萎。每当秋风转凉，草叶变黄时，我心里都会有一丝怅然生出来。虽然知道它们的根还活着，可又总觉得那是一代草走向了它们生命的终点。倘是看见有谁在这时点火去烧枯干了的草，心里便对他生出一丝气恨来：为何要这样绝情？为何要这样对待垂死的生命？

大约就是因为这些经历，我心里总认为，人是离不开草的。1986 年，我去了一趟西北，当我所坐的汽车在戈壁滩上穿行时，车窗外满目的荒凉让我更坚定地认为，人和草休戚与共，只要草从一个地方撤出了，那么人，是早晚也必须从那个地方撤走的。

人与草生死相依。

细想想，草作为一种植物，给人提供的用途实在不少。它可以让人拿去喂牛、喂羊、喂猪、喂马、喂驴，喂一切人们需要喂养的动物，间接地为延续人的生命服务；它的一部分还可直接变成人的食物和药物，比如一些野菜和中药材，其实就是草族中的成员；它还可以让人晒干了裹在身上取暖或烧火做饭，甚至连它被焚后的灰，还可以让人拿去肥田……我们可以掐指算一算，有哪一种草会没有一点用处？用处最少的草，也可以晒干了用来烧火做饭。

草作为一种触发剂，能让人脑中掌管愉悦的部分很快兴奋起来。不管什么人，只要一走上绿草地，精神便会立即为之一振。

我们经常可以看到孩子们在草地上欢蹦乱跳，看见一些青年男女在草地上打闹嬉戏，看见成年人在草地上含笑踱步，那其实都是草的功劳，是草，让人们快活了起来。据说美国一些医生把在绿草地上散步，作为治疗抑郁症的方法之一。

草作为一种生命形态，给人的启示也很多。它的顽强——即使头顶压了砖头，也要想办法从砖缝里探出头来；它的坚强——即使头被割了，身子也能坚强地挺立在那儿；它的甘于平凡——长在再偏僻的地方也毫无怨言；它的勇敢——暴风骤雨冰雹袭来都能毫无怯意地去面对。我们人，其实是可以从草身上学到一些东西的。我记得母亲很早就向我叮嘱过：人活一世，草活三季，长短虽不同，可经历是一样的。母亲的意思，大概就是要我像草那样，凡事要看开，遇事能坦然面对。

可人给草的是什么呢?

常是漠视和蔑视。人们很少给草以尊重，无论大人孩子，都可以无视它的存在，随时都可以踏在它的头上身上。

多是折磨和杀戮。用镰刀割，用铁铲捅，用铡刀切，用火来烧，甚至把根也挖出来。

这不公平!

有一年，我有幸去了一趟以色列。当我和我的同伴驱车在以色列的国土上奔驰时，我有一个惊奇的发现：草，在这里得到了最好的尊重和照顾。所有长草的地方，都得到了保护。不长草的地方，当地的犹太人也要想办法种上草。以色列的国土上很多地方都裸露着石头，土很少，他们为了使草能在这里生长，从很远的地方取来土在石头上铺好，而后再种草。不论是城市还是乡村，凡是空地，都长着修剪得整整齐齐的草。他们对草的这种重视，让我再一次感到，犹太人聪明，他们知道，善待草其实就是善待人自己。

这几年，在中国的很多城市里，也开始看见种草的人，看见修剪得颇为整齐的草坪。在内蒙古的草原上，也有了专门保护草的人。对于野草，只要它长的地方不妨碍人的正常生活，也都不再坚决拔除了。一个夏季的傍晚，我在北京街头看见一个不大的孩子，对正站在草坪上照相的一对男女说：请爱惜草坪！我当时听了很高兴，有了这一代人，今后草们在中国的生存环境可能会好多了。

一个温暖的春天的晚上，一幅画面悄然在我的梦中展现——我奉命坐在一架直升机上观看我们的国家，天哪，除了农田、道路、河流、湖泊、房屋，我们的国土上全是草和树，到处都是一片碧绿。我高兴地在飞机上跳了一下，这一跳使我脱离了梦境，脱离了那幻想出的画面。我怅然地躺在床上，心想：这要不是梦多好！那一刻，我想起了我国西北那些面积巨大的沙漠和戈壁，那些地方，什么时候才能长出碧绿的草来？在中国，有草的地方很多，可地上没草的地方确实也还有不少。

《圣经》“创世纪”里说，上帝是在第三天造出草的。上帝说：地要发生青草。于是青草就出现了。上帝造物用了六天时间，第三天就造出了草，足见草的重要。

最 后 一 季 豌 豆

在诸种庄稼中，我最喜欢豌豆。

小时候，每到豌豆苗长得有筷子高时，娘总要让我拎个小篮，去豌豆地里掐一点豌豆叶回来，放在面条锅里当菜。一大锅面条有这一把豌豆叶，就显出一股青鲜之气，格外好吃。我们兄妹几个逢着吃这豌豆叶面条，都要呼噜呼噜吞个肚子滚圆。

豌豆开花的时候，便是我们这些乡间孩子最快活的赏花日子。在诸种庄稼中，只有豌豆开起花来最好看。小麦花花朵太小，绿豆花颜色单调，玉米花香味太淡，唯有豌豆花又大又艳香味又好闻。豌豆花大部分是红色，也有紫色和白色相掺其间。红色中又分深红、浅红、粉红多种，一根豌豆蔓上常有几种颜色的花，一眼望去，真是五彩缤纷。因在豆蔓上的高度不等，豌豆花常分几层，看去如楼阁相叠；又因豆蔓横爬在地的长度不同且互相纠结，花便分一簇一簇，瞧上去似花球相连。豌豆花常常是在一个早晨陡然大放，一地的花朵猛然出现在人们眼前，浓浓的香味在空气中弥漫，由不得人们不深深地呼吸，快活地揉着胸腹。我们这些平日无缘赏花，根本见不到大片玫瑰、月季的农家孩子，常被这大片的豌豆花激动得嗷嗷乱喊，总要绕着豌豆地四周的田埂边跑边叫：嗬，看那片！哟，看这片！哦，这一朵！呀，那一朵……

豌豆角长出后，我们便要千方百计地去偷摘来解馋。豆粒没长成、豆角还扁还嫩时，我们便把豆角整个地塞到嘴里嚼，直嚼得满嘴青甜，绿汁直滴。待豆粒凸起还不老不硬时，我们便把豆荚小心地打开，凑到牙上用齿尖一捋，把那些青嫩的豆粒全捋进口中，又香又甜地吞咽。豆角将熟未熟时，大人们也常摘些到家，在锅里带荚一煮，让我们剥荚吃豆，这时候的豆粒已是十分筋道分外香了。待把豌豆收割下来拉到晒场上一打，我们便又可以吃到喷喷香的豌豆糕了。娘做的豌豆糕最好吃，她总把豌豆磨碎成面，用细罗过了，而后拌了香油、花椒、茴香、盐、蛋清和酵子等，搅成糊状，摊在笼屉上放锅里蒸，蒸出后用刀切成方块，让我们用筷子夹了吃。豌豆糕的那种鲜味和香气让人吃了还想吃，每次差不多总要撑得我捂了肚子连叫哎哟。

经石磙碾轧打净豆粒之后的干豌豆秧，除了可烧锅，还特别柔软好玩，我们常在豆秧上打闹翻滚游戏。遇到家里来客床不够睡时，娘便在地上铺厚厚一层豌豆秧，让我盖了被在上边睡。每当我躺在那柔软的透着香气的豌豆秧上时，总想起奶奶给我讲的那个神话故事：……老天爷为了使自己造出的人在世上能活下来，便叫自己的几个儿女各变成一种可供人吃的庄稼。性情不好的长子变成了小麦，身上有芒；身高体胖的次子变成了苞谷，棒子特大；性情温顺、身子柔软的女儿变成了豌豆，所以豌豆全身没有一点坚硬刺人之处，而且通体溢着香气……

因了这些，我对豌豆怀了特别的喜爱之情。

去年初夏我回故乡探亲，当时正是豌豆长角的时节，上午到家，下午便去了自家种的那亩豌豆地里。到地头一见那久别了的青绿色的豆秧，我立时高兴地蹲下去抚摸着它们，同时扭头问弟弟：“自己的责任田，为何不多种点豌豆？”不想弟弟沉了声答：“就这一亩我都不想种了，这是最后一季！”“为什么？”我一惊。“你看看，还有哪家在种豌豆？”他抬手朝四野一抡。我搭眼朝周围的田里望去，可不，到处种的都是麦子，自家的豌豆田是唯一的一块。“咋都不种了？”我很惊异。

“这是低产庄稼，又怕大风，化肥又贵，种了根本赚不到钱！”弟弟瓮声说道，“加上如今人们的口味变了，都只愿吃麦面，不愿吃粗粮，收了豌豆卖给谁？”

我“哦”了一声，很觉意外，不过细想之后又觉这话有理。种豌豆既是代价高，农村人自然是不敢吃的；城里人又很少吃粗粮，整日不过是把白面变了花样做食物，有的甚至只吃精粉，种了豌豆卖给谁？

“怕是豌豆也要走大麦、荞麦、赤色豆的路了。”娘在一旁叹了一句。我听后心里一震。早先这地方每年都种的大麦、荞麦、赤色豆，这些年已基本上绝迹。我记事到现在，不过几十年时间，就有三种庄稼不种了，难道我十分喜爱的豌豆也要步它们的后尘？

“明年咱也不种了！”弟弟又决然地说。我不好再劝弟弟，眼看赚不了钱，继续种下去又有何益？也许，人类就是这样在对庄稼的比较和抛弃中前进。祖先们当初大约是太饿了，选定的庄稼种类太多。如今，现代人要在实践中不断进行比较和选择，把好吃的、高产的、容易种的保留下去，把粗糙的、低产的、不易种的抛弃掉。然而这种抛弃是否对人类自己都有益？

“豌豆这东西有时可做中药引子。”娘在一旁幽幽地说，“日后都不种了，用时去哪里找？”

我没再开口，忽然想起近些年来不断发现的一些新的疾病，那些疾病中有的是不是人们把不该抛弃的庄稼抛弃后引起的？但愿不是，但愿我们的祖先也得过那些病，只是因为科学不发达而没有发现它们。

我长久地站在豌豆地头，望着那些青闪闪的生机勃勃的豌豆秧在心里思忖：它们就要在这块土地上消失了，也许几百年之后住在这里的人们，就不会知道他们的祖先曾经种过吃过豌豆，那时的孩子，更不会享受到我们童年时摘豌豆角解馋的乐趣……

羊 奶 豆

在我的故乡豫西南邓州地界的田野里，长有一种中间大两头尖的野果子，形状像极了羊肚子上垂吊的羊奶子，所以乡下人就给它取名叫羊奶豆。

羊奶豆又脆又甜，中间的肚子里蓄满了白色的类似羊奶的东西，咬破时连那些白色的奶汁一起吸下肚，会是一种极美的享受。因此，它也就成了我们乡下孩子最爱吃的野果。在田野里采摘羊奶豆，是我幼时和少时很重要的一项乐趣。

那时，我们几个光屁股孩子一起，常在田埂、田垄间寻寻觅觅，有谁发现了一棵羊奶豆，会大喊一声：这儿有！大伙儿于是就都奔过去。羊奶豆秧有点儿像野甜瓜秧，一结果就不是一个。大伙儿奔过去后，会从秧上摘下所有的羊奶豆，而后均分。够一人一个的，就每人吃一个；不够一人一个的，就每人咬一口。一天，我们正吃羊奶豆时被神经上有过毛病的二奶看见，二奶说：“小东西们，你们知道你们是在吃啥子吗？你们是在吃田地的奶汁。”我们一齐摇头，说我们吃的是羊奶豆。二奶眼一斜，叫：“你们懂得屁，这羊奶豆就是田地的奶头，人吃它就像羊羔子们噙住母亲肚子上的奶头吸奶一样！……”我们听得惊惊怔怔，半信半疑。

二十多年后的一个日子里，旅居异地的我又回到了故乡，当我在田野漫步时倏然又想起了羊奶豆，我非常想再尝尝幼时常吃的这种东西。几个邻家小孩听我问起羊奶豆，自告奋勇地要去田里为我采摘。然而那天的收获实在可怜，几个孩子在田里跑了半晌，只摘到四五个很小很小的羊奶豆。不过就这已经使我很高兴，我捧着那些羊奶豆向村子里走，在村口，又碰见了神经上有过毛病的二奶，二奶老得拄上了拐杖，不过视力还好，一下子就看清了我手上拿的是什么。二奶说：“你娃子在城里吃好东西吃腻了，又来吃这种野果子了。”我笑笑，问：“二奶，这羊奶豆怎么都变小了？”二奶叹一口气，说：“这羊奶豆兴许还会变得更小的，人们总给田里喂些你们城里人造的速效肥和农药，田地的奶汁还会有多旺？奶汁不旺，这些奶头还会不瘪吗？……”

二奶的话依旧使我疑疑惑惑。那天离开二奶后我的心情突然坏起来，我没有再去吃那些不大的羊奶豆，而把它们分给了几个孩子。当孩子们咬嚼果子嘴边溢出了白色的汁液时，我分明觉得他们是在噙着一个个又瘪又小的奶头……

背弃田野

对于田野，我知道我不该背弃。

我童年的大部分时光，是在田野里度过的。那时，母亲去田野里干活，总要把我背上。母亲告诉我，最初，我只会在田头上爬，爬得浑身是土；稍大一点，我能在田埂上趔趄着走，常常摔倒在犁沟里；到后来，我就可以自由自在地在田野里跑了，直到我长成一个又黑又胖的小子。

是在田野里，我熟识了小麦、大麦、荞麦、绿豆、黄豆、黑豆等诸样农作物；是在田野里，我知道了犁、耙、播、种、收的种庄稼程序；是在田野里，我懂得了保墒、干旱、套种、板结这些农业术语。田野，是帮我认识这个世界的第一位老师。

四季的田野都给过我恩泽。

春天的田野像一个穿青着翠的姑娘，使得我常常扑到她的身上。草是青的，树是青的，菜是青的，庄稼是青的，青得让人心里舒展、快活。少时的我常在春天的田野里玩闹，在田头的草地上同伙伴们赛跑、摔跤，在堤畔沟堰上寻找白的、红的野花，在草茎、菜梗上捉黄的、黑的蝴蝶，再就是抹着鼻涕疯笑。

夏天的田野像一个热闹的舞台，引得我总想挤到前边去瞧。青蛙在跳，蝈蝈在叫，蟋蟀翻着筋斗，蚯蚓伸着懒腰，炸梨鸟在飞，叫天子在笑。我和伙伴们赤条条跳进田头的水渠、河沟里，还会惊得鱼跃。一拃长的草鱼，会在你的腿间穿来碰去，有时干脆撞上你的小鸡鸡，弄得我们又痒又酥忍不住笑弯了腰。

秋天的田野像一个端着大盘喷香吃食的妈妈，我曾从她的盘子里取过许多吃食。饿了，扒红薯吃，拔萝卜吃，烧起一堆火烤苞谷穗吃；渴了，摘野甜瓜吃，找羊奶豆吃，折高粱里边的甜秆当甘蔗吃——反正一切都是现成的。儿时的秋天，我们一伙孩子，常常在田野里吃得腆着肚子往家里晃。

冬天的田野像一个广场，无遮无拦十分空阔，这便是逮兔子的好时候。尤其是落雪之后，我跟在拿着猎枪的大人们的身后，在平展展的旷野上搜索前进，曾收获了多少欢笑和快乐啊。

但我还是决定背弃田野！

促使我做出决定的最初原因，是 20 世纪 60 年代初的那场饥饿。当我捂着空瘪难受的肚子在田野寻找野菜而不得时，我对田野产生了真正的愤恨：这个懒蛋，你为什么就不能多产点儿粮食、多长点儿野菜？虽然后来我明白了，造成饥饿的主要责任不在田野身上，但我和她的感情已经疏离，我对田野的爱已经消失。这之后是我中学毕业的回乡劳动，当我走进田野，看见赤膊劳作的农人和农人们身上那晶亮滚圆的汗粒，看见农人们侍弄庄稼出苗、拔节、开花、成熟的那份烦琐和疲累，看见农人们被风、霜、旱、涝、雹捏碎丰收希望之后的那份伤心和苦痛，我害怕了。

于是，本来应该忠心侍奉田野的我违了最初的誓言，通过当兵走进了城市，背弃了给过我恩泽的田野，不再关心田野里的事情，包括她的受淹和干渴。

走进城市之后我才知道，背弃田野的并不止我一个。更多的曾经受恩于田野的人，也在对田野进行背弃甚至进行着折磨。这种背弃和折磨的表现之一便是无限度地切割她的身体缩小她的面积：不断在田野里增加村子的数量，不断在田野里建设新的工厂，城镇边缘不断向田野里推移……田野的面积持续地减少，有些地方已经听得见田野因为这种切割而起的哭声。

其次便是向她抛掷垃圾。城市的垃圾开始向田野里倒，火车上的垃圾向田野里抛，工厂的污水向田野里流，一些剧毒农药向田野里洒，城市上空空气中的有害物质向田野里落……田野的裙裾上已染了一片又一片污迹。

再就是肆意改变她的容貌。这儿本来是一片绿树，偏要砍掉；那儿原是一片草地，偏要垦殖；此处本是产麦子的宝地，改种水稻；彼处原有一条小河，令其改道……田野的天然美在一点一点消失。

背弃会招来惩罚。

我现在常常猜测：田野将会怎样惩罚我这个背弃者？最可能的惩罚是，当我走完生命的途程转而求她收留我时，她会抓来一把含满垃圾和化学毒药的土粒埋住我。

我为自己的这个猜测打了个寒噤。

对那些背弃、折磨她的大批人她将怎样惩罚？

是让她原来涌流着的奶水日渐减少而制造饥饿？是在她的乳汁中悄悄掺上毒素进行慢性毒杀？是彻底给人类断奶从而让她自己也回复到洪荒状态？

无从知道。

再爱田园

在中国漫长的农业文明时代，人和田园的关系非常亲密，人爱田园爱得难舍难分。也因了这爱，为田园的归属曾发生过无数的争吵、械斗和战争，产生过很多含着泪水和鲜血的故事。曾经，“三十亩地一头牛，老婆孩子热炕头”是中国男人最理想的人生追求。

但渐渐地，中国人对田园的爱意在变淡。

这种变化的起点说不太清，可在20世纪50年代的人民公社化以后，这种变化越发明显起来。最初，人们只是不再关心田园里的收成，收多收少与己无关；后来，是像男人不再心疼自己女人一样不再疼她，任其贫瘠荒芜；再后来，开始对她厌恶甚至有了恨意；最后，像那些对妻子不忠的男人一样对她开始了背弃和逃离。

我们那一代，逃离田园的方法是去当兵。

接下来，有些人是想法子让工厂招工。

后来，是考大学。

再后来，是进城打工、做生意。

随着城市化的步伐加快，人们逃离田园的速度也更快了。总之，想尽一切办法逃离田园，再也不和她相伴过日子。

不爱，就分手。实在无法分手的，便常常叹气：唉，咱命苦，只能困在这田地里。在整个中国，已没有几个人真心实意地想种地。

细究人们不爱田园的原因，可能有以下几点：

其一，在田园里劳作最苦。要受风刮日晒雨淋，要弯腰屈腿缩肩，要一身土一身灰，还怕天旱、水淹、冰雹砸，要对老天爷小心翼翼。

其二，在田园里劳作回报太低。改革开放前，干一天挣的工分也就值几分钱；改革开放后分田到户，一亩地一年也就挣几百元千把块，连进城当个保洁工也比种田强。

其三，在田园里劳作太乏味。听不到音乐，看不到电影和歌舞，喝不到咖啡和干红葡萄酒，没有城里的那份热闹。

其四，在田园里劳作最被人看不起。种田人是中国最低等的人，谁都可以看不起他们，谁都可以嘲讽取笑他们。

但不管有多少原因，人都不应该不爱田园。因为，是田园养育了我们，供给我们每天吃的东西。没有田园，人类到目前为止还活不下去。

也因为，田园里埋葬着我们先辈的骨殖，留存着太多的有关人和地的大道理。

还因为，田园能舒解我们心里的紧张和阴郁。面对春天绿油油的庄稼地，我们会丢下烦恼，心旷神怡；看着秋季黄澄澄的田野，我们会荣辱皆忘，欢呼雀跃。现在北京城里的一些白领金领，去郊区花钱租一小块地种植庄稼，或租几棵果树养育，就是为了舒解他们在高楼大厦里积郁起来的不快心绪。

归根结底，田园是我们中国人灵魂的栖息地之一。我们应该重建和田园的亲密关系，我们没有理由不爱她。

可在城市化的今天，要让人爱田园更不容易。首先需要政治家提高人在田园劳作的回报率，要让一个勤快农民每年的收入和城市里一个熟练工人每年的收入不错上下。其次需要科学家把田园劳作的舒适度大幅度提高，要实现更高程度的农业机械化，要把对老天爷的依赖程度继续降低。再次需要法学家把田园打扮得更加高贵，谁想糟蹋田园，必须付出极高的代价。接下来就需要我们作家出场，作家可以通过自己的作品呼唤人们对田园再生爱意，可以用自己的笔让田园再添妩媚。我们中原作家大多来自农家，对田园有充分的了解，写这个不会太费力。

我们要敢于在作品里展示田园的魅力并赞美她，对那些破坏田园的人要敢于谴责，不要认为这是在呼吁向农耕经济倒退。

要敢于去揭露大工业的丑陋之处，让人们对污染严重的一些工业项目的上马保持一份警惕，不要认为这是在反对工业化。

不要对城市里的龌龊也去献媚，要敢于对城市的无序扩展表示反对，不要认为这是在逆潮流而动反对城市化。

我坚信，在这个经济全球化的时代，再爱田园是世界各国各民族都面临和关心的问题，目前世界上城市化程度高的国家已开始意识到对田园进行保护的意义。这类作品写好了，应该能走出国界，赢得世界上更多读者的注意。

我的枕头

我最早的枕头，是娘手工缝的。娘用一块旧布缝成一个小布袋，在里边装上荞麦皮，这就算一个枕头了。枕荞麦皮枕头的好处，就是随着你的头在枕头上的移动，那些荞麦皮在枕头里也相应地移动，从而使你枕着的部位永远成为一个稍凹的坑。这枕头上不蒙枕巾，我头皮上生出的油总把枕头弄得油腻腻的。冬天枕上去，很凉。我那时虽小，也觉出这枕头不好，逢了村里有谁家娶新媳妇，自己去看热闹时，瞅见新郎新娘床上的花枕头，心里总不由得要生出股羡慕来。

我考上初中后开始住校。因嫌荞麦皮枕头不好看，执意不往学校宿舍里带。我这时的枕头，便是自己的衣服。夏天，临睡前把自己的衣服叠起来塞到床头席下，当作枕头；冬天，就枕自己的棉裤。每年冬天棉裤膝盖的两侧部位总要被我枕得亮光光的。那些年月，每每看到老师们那些绣了花呀鸟呀的枕头，就眼热得很，就常常在心里盼望：自己什么时候才能也有一个绣了花的枕头呢？

后来，我当兵到了部队。部队的枕头很轻，实际上是一块方形白布，叫包袱皮。把着装以外的衣服叠好，用这块包袱皮把它们包成长方形，晚上睡觉枕在头下。这种枕头我枕了四年。我们连长的妻子是青岛市人，极会绣花。她给连里几个排长都绣了花枕套，有的绣的是崂山山水，有的绣的是青岛栈桥，有的绣的是鸳鸯交颈。我们这些当兵的看见那些枕套，都羡慕得直咂嘴。我那时心想：倘若日后我有了这种绣花枕头，怕会一觉睡他二十四个小时哩。

我终于也枕上绣了花的松软的枕头，是在被提升为军官之后。记得头一次发了工资，我就跑到百货商店，买了一个绣有喜鹊登枝图案的枕套和一个柔软的枕芯。我还记得当时的那个女售货员坚持说枕套要买就买一对，不单个卖。我说我还没有找到对象，买一对那个给谁枕呢？她笑了，脸也红了。她大概是个姑娘，没法回答我的问话，就破例卖给了我一只枕套。

结婚之后，我的枕头又换了几次，枕套的布料和上边绣的花样都越来越好越来越漂亮，枕芯也越来越新奇，有带弹簧的，有泡沫的，有装干菊花的。我原以为枕头越好我会睡得越甜的，却不料，随着枕头质量的变好，我睡眠的质量却越来越差了，多梦，失眠，即使入睡，也很浅，稍一惊动，就醒了。

当年，我枕着那些不像枕头的枕头，睡得那样香甜，而现在这是怎么了？

不是说好枕易眠吗？

看来，枕头只是一个外部条件，睡好睡不好，关键是看自己的生理、心态状况。自己已到了不惑之年，体内的器官和心里装的东西，都和过去不一样了。

这之后，我寻求好枕头的热情开始下降，再看见漂亮、高级、新奇的枕头，也就漠然了。

靠枕头并不能获得真正的舒适和安眠。

枕头毕竟只是枕头，是来自外部的东西。

人年轻时追逐的，多是身外之物。

死 死 生 生

春节回故乡探亲，离着村子还有很远，就看见了那片墓园——那个中间立着几株松树和柏树的村人公墓。分明地，觉得它比自己当初离家时大了许多，心里不觉一沉：又有人被送进了那里歇息？果然，进了村头一眼就看见瞎爷爷家的院门上没有贴红纸春联，贴的是一副黄纸联：有心思亲亲不在，无心过年年又来。这么说，瞎爷爷是不在了，那个长年提一根烟袋、拉一只绵羊的独眼老人已经走了，那个常常独自坐在门前吃饭喝酒的老汉离开了我们。我再也听不见他殷勤让我喝酒的声音：小子，过来抿一口！再也看不到他牵了羊在田野漫步的悠闲样子了。瞎爷，我们真是阴阳两界分了。

进了家和母亲聊起来才知道，当初送我去当兵的绪子叔也已去世了。绪子叔当年是生产大队的支部副书记，正是在他的支持下，我才得以当了兵。倘若不当兵，我如今仍在村里种地，不会像现在这样住在北京城里，更不可能有时间整日坐在屋里读书写作。我心里永远感激绪子叔在我走出人生关键的一步时帮助了我。我记得入伍离家的前一天，我想带一份礼物去向绪子叔表示心中的谢意，可家里当时又实在拿不出钱去买贵重东西，最后没办法，我只好用两个鸡蛋去换了一盒两毛钱的“白河桥”香烟。绪子叔看见那盒香烟后，叹口气说：你们家的家底我知道，你不该再去胡花钱。到部队上好好干吧，争取能当上一个军官……绪子叔，我如今能为你买好烟抽了，你却已经走了。

邻居告诉我，村里和我同辈的那个身体异常强壮的二哥，也因为得病去世了。这消息令我很吃惊，二哥也就大我十来岁，当年我们一起在麦场上摔跤玩闹的情景还历历在目，可他竟也已去了彼界。我至今还记得，他当兵复员回村是在一个黄昏，他回来时领了一个非常漂亮的媳妇，那位二嫂站在黄昏的光线里，一双美目四下里顾盼，我当时非常惊奇：女人竟可以长得这样美丽？我在心里为二哥高兴，不过同时也对他生了一点嫉妒。我还记得，二哥复员后在村上当了保管员，每当分粮分菜分柴时，他总要多少给我家一点照顾。他那样做自然不合村上的规定，可对于处于极端贫穷中的我的家庭十分宝贵，曾令当年刚懂世事的我感受到了人间的温暖。二哥，你为何要走得这样急切？你有儿有女，现在正是享福的时候，为什么要去睡到公墓里？

更使我意外的是，晚我一辈、按辈分向我叫爹的一个近门媳妇茯苓，竟也死了。茯苓在我们村里的晚辈媳妇中，是长得最好的一个，身条儿、脸盘、眼睛，都让人看着特别顺眼，一说话就带着笑意，让看到她的人都能感觉到她的善良和温顺。她生有一儿一女，两个孩子模样都长得很周正，人们平时都夸她儿女双全是有福气的人。她还特别勤快，无论是家里活还是地里活，都做得麻利而有套路。我曾和妻子说起过，茯苓要是生活在城市，穿上时髦的衣服，做做头发，戴上首饰，那肯定是一个人见人爱的美人，会把许多演员比得没了颜色。没想到恰恰就是她，会在三十二岁的年纪上告别这个世界。母亲说起茯苓的死因，连连叹息。原来这茯苓虽身在农村，心气却很高，一心想让儿子通过上学走出农村，到外边去干番事业。没想到这儿子偏偏贪玩，书一点儿也读不进去，早早辍学在家。茯苓早婚，十七岁生下儿子，眼见已经十几岁的儿子没有任何向上的愿望，她绝望了。一次，对儿子的劝说遭顶撞之后，她愤而拿上农药去田野服了毒。那是令全村人震惊的一刻，所有的女人都为她流下了眼泪。茯苓，你拿生命和还没有完全懂事的儿子赌气，不是在犯傻呀？！

我算了算，在我参军离家的三十年间，我们这个村子，死了五十多个人。新增五十多座坟墓，那片公墓当然要变大了。我是在一个朝阳初升的早晨走进公墓的，那一座座坟墓没有让我感到害怕，只让我感到了一丝怅惘：那些我所熟悉的活生生的生命，就这样变成了一堆无知无觉的土？人挣扎一生落此结果是不是有点太残酷？上天如此安排人的归宿依据的是什么道理？我望着一点一点升高的朝阳，忽然意识到：什么事情都是有升有落，如果太阳只升不落，那会是一个什么结局？如果人是一种只生不死的动物，那地球将怎样安排如此多的生命？

从墓地里出来，正是大人们下地干活、孩子们上学的时辰。我走上大路，迎面碰上了一群背着书包的小学生。孩子们好奇地打量着我，他们不认识我，我自然也不认识他们，问起他们父母的名字，我也大多不认识。是呀，他们父母出生的时候，我已经离开了家。一位已下地干活的本家叔这时由地里走过来，向我一一介绍那些孩子都是谁家的孙子孙女，我努力在那些孩子的脸上辨认他们爷爷奶奶的面影。啊，生命就是这样一代一代地延续着。本家叔告诉我，我当年出去当兵时，村里有一百四十多口人，现在，全村有三百六七十口人。三十年时间，死去了五十多人，净增了二百多人，生的远远超过了死的。也因此，村子才显出一派兴旺景象。

近午时分，村子里响起了唢呐声，邻居婶子告诉我，是村东头青山的儿子娶媳妇。我说：村子里又要添一个人了。婶子笑着更正我的话：不是添一个人，至少要添两个人，到明年的这个时候，就又要有孩子出生了。我走上村中的大路，从远处看着那长长的迎亲队伍，听着那热闹的喧嚷声，被墓地引发的那份不快不知不觉间就消失了，心里也渐渐高兴起来。正午的村子笼罩在婚礼所带来的喜庆气氛中，连牛叫、狗吠听起来也分外亲切。

临离家那天的黎明时分，忽然有人拍门叫母亲，我听到开门关门的声音后又沉沉睡去。起床后看见母亲手里捏着红鸡蛋正满面笑纹地走进院里，问起才知道，邻家的媳妇要生产，怕出意外，才把曾当过接生婆的母亲叫了过去。生的是儿子还是女儿？我问。母亲高兴地答：一个胖小子！

我那天拎了包离家时，邻家的那个婴儿正在哭闹，响亮的婴啼和着村中清晨时分的各种声音，让人心神为之一振。我那刻望着村外的那片公墓在心里说：死去的各位乡亲，你们安心歇息，不管你们当初的死因是啥，都心平气和吧，有生有死才是世界，死死生生才是人间。反正我们有后人，村子的将来就交由他们去操持吧。

回望来路

人走路差不多都有回头一望的时候，很少有人走路双眼一直向前从不回首。这种回头一望的习惯大约是人为了记住自己的来路以便日后回撤，是一种自我保护的需要。

作为一个走进山东省城济南的城里人，我也常常回望自己的来路。我发现我的来路蜿蜒曲折，许多拐弯的地方需要用心记住。

我走进济南前在山东泰安当一名连级军官。新华社驻济南军区记者站的一位记者刚好在我的部队里代职，他觉得我是一个写机关公文的料子，遂把我调到了济南。没有他，也许我仍在泰安当一名军官，也许我已经转业，反正不能像今天这样坐在济南的家里写作。这一次拐弯让我明白：一个人可以对另一个人的命运产生巨大的影响。

我做军官之前在山东肥城当兵。士兵和军官之间隔着一条很宽的沟，跃过这条沟是我的愿望，可惜没有这种飞身一跃的时机。后来机会总算让我等到了，上级一位首长要来听战士讲解柳宗元的《封建论》，我被指定做这次讲解，我竭尽全力做了准备。我那天讲得很成功，那位姓王的首长听罢就表态：这样的兵应该提拔起来！于是不久后我当了排长，告别了士兵生活。这段经历使我懂得：人一生不要错过任何一个可以改变你命运的机会。

当兵之前我在河南邓县三中读书。我在三中差不多读完了初中，度过了“文化大革命”的最初岁月，又断断续续读了两年制的高中。那时高中毕业后没有大学可上，只有回乡种地一种可能。作为农民的儿子我深知种田人的全部辛苦，所以我决定逃跑——逃离家乡。那个时代逃离家乡的最佳办法是当兵，于是我就去接兵站报了名。当火车载着我向山东飞驰时，我开始庆幸：用逃离之法有时也可以拒绝命运原先的安排。

读书之前我在构林周庄度过我的童年。周庄是被两条大渠夹持着的平原上的一个村庄，当时只有几十户人家。这个不大的村落是我生命的第一个栖息地。我的童年虽然时有饥饿来干扰，但照样有五彩缤纷的乐趣。我和我的伙伴们下塘用双手摸鱼，在夏天的中午借树丛的掩护去瓜园里偷吃黄瓜和甜瓜，在翠绿的草地上玩踢鞋楼的游戏……这种痛快的玩耍没有持续多久，我六岁多就被父母送进了学校，开始了“有忧有虑”的生活。人早投入有忧虑的生活会早生皱纹但也可以早一天成熟，我没有因此抱怨父母。

周庄是我的诞生地但不是我们周姓人祖宗的居住地。我们村庄的周姓人和附近的老户周村的周姓人一样，全都是从山西洪洞县大槐树下迁移而来的。据说我们的祖爷和祖奶所以在迁徙的途中在邓县这个地方停下了脚步，是因为我们的祖爷有一天吃罢饭随手把筷子往地上一插，几天后那筷子竟发出了青芽，于是祖爷认为这是一块可以养育后代的地方而决心留了下来。我很感谢历史上那次巨大的人口迁移，要不然我今天也可能生活在水贵如油的黄土高原，不断地去尝受缺水之苦。这使我更清楚地感受到：祖先们对生活的任何一种选择都可能给后代带来影响。而我们也是后人们的祖先，我们今天要做什么不做什么都该考虑到我们的后代。

山西的洪洞县只是我们周姓祖先在农耕文化时期的居住地，原始的周姓部落的聚居地据说是在濒临黄河的今天已经绝迹的一处森林里。那时候，周姓部落的人靠群猎谋生，人们常拿着石质武器去猎获动物。他们在离开部落营地前去打猎的途中，不时要回首望望来路，以便返回时顺利找到营地。我今天这种回望来路的做法，大约就来源于祖先们的这种习惯。

我们如今居住在城里的穿红着绿衣饰整洁的城市人，倘若都能朝自己的来路望望，可能就会发现自己和这世界上的许多人原来都来自同一个地方，就可能对邻人对乡下人对他人生出一种新的感情：理解、同情和宽容……

乡下老人

母亲已近八十岁，长住乡下老家。

老家所在的那个村子，位于南阳盆地南沿的丘陵地段上。村里除了房舍、水塘，就是高高低低的树木；村边便是沟渠和田畴。母亲喜欢这个世界，不愿意离开。

让她来城里住，她总是住不了几天就坚决要回去。母亲的理由是：我命薄，享不惯城里的福。如果坚持让她在城里住，她便总是要生病，而一回到乡下，她的病常常就好了。母亲这样解释这种现象：我是乡下人的命。

母亲不识字，对她遭遇的一切事情，都用“命中该有”来解释。这种解释方法有一个好处，那就是面对变故时能够平静待之。

她十几岁时就遭遇了一次很大的变故：她的母亲也就是我的外婆突然病逝。面对这变故她当然要哭，可哭了几天之后，她还是抹抹眼泪起身去挑起了外婆留下的家务担子，照料妹妹也就是我的姨妈，洗衣、做饭、缝补，帮助父亲也就是我的外公照料庄稼。

对这份过早降临的劳累，她没有抱怨。只有两个女儿的外公担心女儿们将来出嫁后自己会绝户，想抱养一个儿子。身为长女的她当然知道这会给她肩上的家务担子增加分量，但她还是坚决地支持了外公。当那个抱养的很小的舅舅来家之后，母亲给了他无微不至的关照。

母亲嫁到我们周家也并没有过上好日子。曾经有点儿富裕的我们周家那时已经破落，家里除了几间破房子再无他物。她又开始了新的操劳。据说我出生后母亲常要把我背到身上下地干活。我记忆里关于母亲的最早的画面有三个：一个是母亲在锄地，我跟在她的身后在田垄逮蚂蚱；一个是母亲在摘棉花，我躺在她采摘下的棉花上看天空；再一个是母亲在擀面条，我端着小木碗站在她的腿边叫肚里饿。在这些零碎的记忆片段里，母亲总在忙碌。长大以后，母亲的忙碌更给我留下了深刻印象，她的一天通常是这样过的：早晨，她先起床生火做饭，然后把饭温在锅里，再下地干活去挣工分；全家人从地里回来吃过早饭，她要刷洗锅碗瓢盆，要喂猪喂羊喂鸡喂狗，之后，又要下地干活；中午回来，她坐在树荫下稍喘一口气，就又要下灶屋做饭；下午，她仍要到田地里去干活；傍晚收工后，她通常还要在回村的路上要么拾点儿柴草，要么掐点儿野菜；她的歇息时间通常是安排在做好晚饭之后，其他家人开始端碗吃饭时，她则坐下歇息，我常听见她长嘘一口气，坐在一把小木椅上缓缓摇着扇子驱赶身上的汗水，那大概是她最舒服的时候；待大家都吃完了饭，她才端起碗去吃，剩多就多吃，剩少就少吃。逢下雨下雪的日子，照说母亲可以歇息歇息，但她照样要忙，要给我们缝衣做鞋，要磨面，要把苞谷棒上的玉米粒抠下来，要纺线，要用麦秆扎筐子，要用高粱的细秆做锅盖……活路多得她永远也做不完。但她从没有怀着不满去忙碌，她总是心甘情愿地去干这一切。我很少听母亲说她累，更少听见她抱怨日子苦。她认为这一切都是她命中应该干的。她常说：我不忙这一家人怎么办？人不干活那去做啥？

母亲虽不识字，但却是村里的接生婆。村里的好多孩子都是她用双手接来这个世界的。哪家的媳妇到了要生的时候，男的一来叫她，她便立马停下手中的活，拿一把剪子笑容满面地去了。我知道她没有关于这方面的科学知识，因此总为她担着一份心，怕她接生接出问题，不过还好，一直没出什么事，凡她接生的孩子，大都平安地降生了。每次接生完，主人家会给母亲两个煮熟的红鸡蛋，一是表示喜庆，二是表示慰劳，母亲总是满脸喜色地把鸡蛋拿来给我们吃了。母亲对生命怀着一份天生的善意，就连家里养的鸡鹅牛羊猪，她都不许我们打；哪一种家禽家畜病了，她都很着急，忙着为它们治病；倘是其中有不治而亡的，她便很伤心；她从不看宰家禽家畜的场面，逢着家里要宰鸡杀鹅，她总躲得远远的。

母亲信神，而且信的神灵很多。每年的大年三十晚上，她都要在院中摆上一个小桌，在桌上摆了馍馍和供果，点上香，以敬天神；逢年过节，她要在灶屋的锅台上摆了供品，以敬灶神；我们兄妹倘是有了病，她就在佛祖的塑像前磕头烧香，祈求佛祖保佑我们平安；若是家里出了大祸事，她一定要到武当山金顶去给祖师爷跪拜烧香。有一年我们家出了很大的祸事，我在外边奔波着企望事情能得到公正解决，母亲则冒着大雪，挎着装了供品、香表的篮子向武当山走去。武当山离我们家有一百多里路，要坐车到山下才能往上爬，平日里年轻人从山下爬到金顶都累得要命，可母亲硬是在纷飞的大雪里爬了上去拜求祖师爷。事后想想我都害怕，万一她在那陡峭的石阶路上滑倒了可怎么办？家里那件祸事过去之后，母亲每年还都要去武当山还愿以向祖师爷表示谢意。我曾劝她不要再跑了，在家事上一向看重我的意见的母亲，唯独在这事上十分执拗，坚持着要把“愿”还完。

母亲对我们兄妹管束很松，对我们很是放任。她常说，人该长成什么样子就长成什么样子。母亲很少打骂我们，遇到我们做什么错事惹她生了气，她也至多是把巴掌高高扬起恐吓一下，并不把那巴掌真打到我们身上。她最常告诫我们的是三件事：第一，不说“过天话”。意思是不说那些比天还高的大话，要说一是一，说二是二，说了就要做到，别让人觉得你没信用。第二，别看不起比自己穷的人。母亲说，人穷了本已够可怜，你再看不起人家，不更伤了人家的心？母亲还说，你今儿个日子好过，难保你日后就不受穷，人谁也不知道自己前边会遇到啥灾啥难，人与人的穷富也可能很快就会颠倒过来。母亲在这方面为我们做出了榜样。不管穿得多么破烂、身上多么脏的讨饭的人，到了我们家都会得到母亲的善待，家里再困难，她都不会让人家空手离开。第三，不要浪费东西。母亲说，这世上没有能经得起浪费挥霍的人家，家里即便有金山银山，也不能浪费。她特别心疼粮食，绝不许我们把吃剩下的东西扔掉，每当我们要扔掉什么吃食时，她都要说，你要扔的这点吃食，在（一九）六〇年就能救活一个人哩。有时锅里剩了饭，她总要我们把裤带松松，尽力把剩饭吃下去。她说，只要吃到肚里，就不算浪费。

母亲没有什么金钱意识，她从不管钱。家里的那点钱，一向由父亲来管。偶尔有人来家门上收购什么，给几毛钱在她手上，她也是立马交给父亲。家里要买布买油买盐，都是父亲去办。她从没有为钱的事和父亲、儿女们生过气。她的生活标准很低，吃饱穿暖就行了。有一年她和父亲来北京，一个朋友请我们吃饭，上的菜她都没见过，她悄悄给我说：吃饱肚子就行了，花这么多钱吃这么好干啥？家里过去穷，一般买不起猪肉羊肉，过年时买一次肉，母亲每顿只切一点，做好后，她把肉片都挑在我们碗里，坐在那儿看着我们兄妹吃，我们让她吃，她总是说：吃到你们肚里也就等于吃我肚里了。

母亲平日的活动范围，就我们村子四周，也因此，她特别渴望了解外边的世界。她了解外边世界的主要渠道，就是看电视。我有了孩子之后，她到城里来照看孙子，最让她感到高兴的是能天天看电视。几乎每天，她都要抱着孙子坐在电视机前看，以至于我都担心会损坏她的眼睛，但看着她那副兴致盎然的样子，又不忍心打断她。母亲看电视很少选择频道，什么频道的节目她都能看得津津有味，常常是我那尚不懂事的儿子随便按一个频道，奶孙俩就认真地看了起来。

以母亲今天的年纪，我们都不希望她再忙碌，我们都有能力养活她了，只愿她好好歇息。可她依然闲不下来，要下地摘棉花、摘绿豆、掰苞谷，要照应家里养的猪羊鸡鸭。也许正是因为她不停地劳作活动，她的身体到今天还很硬朗，没有什么大病，还能不歇气儿地从村里走到六里外的镇子上。我们都希望她能活过百岁，能使家里四世同堂。母亲笑着说：只要你们不嫌我拖累你们，我就尽力活，直到人家来叫我走的那一天。

每当我和妻儿回老家要走时，母亲总是站在村口，目送着我们向远处走，直到看不见我们的身影再回去。我不论走到哪里，都能感觉到她目光的注视。我知道，母亲脚下的那块故土，永远是我们可以停靠歇息的码头；有母亲目光的牵引，我们就不会在喧闹繁华的地方迷失，我们会找到返回家园的路径。

学信先生

马学信先生是我初中三年级的班主任。从那时到现在，已经有二十多个年头过去，其间我再也没有见过他，想他今天一定是华发满头了吧。

学信先生的一只手有残疾，所以他第一次登上班里的讲台时同学们都有些吃惊。后来才知道，那是他在学校滑冰摔伤后留下的。由此我们知道他是个爱好体育运动的人。在课余时间，我们常见他坚持用残掌握拍打乒乓球，他的这种劲头鼓舞了我们，使得我们班打篮球、乒乓球的人格外多，班里爱好运动注意锻炼身体的风气很盛。

学信先生兼教我们语文。他批改我们的作文特别认真，总是在他认为我们写得好的句子和段落下用红笔画上特殊的符号，而且批语极其详细。每次作文本发回来后，我都急忙去看他画下的符号和写下的批语，每一次我都能从那些符号和批语里获得一份写好作文的自信，增加一份对写文章的兴趣。也就是从那时起，我懂得了鼓励的重要。我也因此相信，一个才智平常的人，如果能经常得到恰如其分的鼓励，其成功的可能要比一个总受打击的天分很高的人还要大。

学信先生很少对我们发脾气。他总是温文尔雅地说话、讲课，大声呵斥、教训同学的情景我几乎不记得有。逢了有同学做了错事，他总是把那同学叫到一边慢声细语地讲道理令其悔悟。也因此，同学们都愿意亲近他，常愿去他的宿舍里坐坐。

学信先生的家离我们学校很远，总有六十里吧。他平时往返家里总是骑自行车。那个时候，有一辆自行车是很不容易的事情，每次见他骑了自行车返校我都很羡慕，并未去想那往返一百二十里的辛苦。在校时我曾经去过他那个名叫马庄的村子，并在他家吃过饭。师母是一个很贤惠的女性，她一个人在家带孩子操持家务，那阵子我还不能体谅他们分居两地的全部苦处。

我当兵后加上学信先生也调离了邓县三中，我们就一直没有联系。前些年有次碰见一位当年的同班同学，他告诉我说马老师想盖房子但钱不够。刚好我当时也因为家中有事手头拮据，未能给老师以支援，这在我是很感歉疚的。

听说学信先生如今仍在教学岗位上工作。教师这门职业的清苦和辛苦这些年我已经深深知道和理解，但愿马老师能注意节劳保重身体。您的学生们都在挂念着您。

单 相 思

男女之间一方对另一方生了爱慕之意起了思念之情，而另一方根本不爱对方更不报以相应的思念，这种情况就是本文所说的单相思。

很久以来，单相思的人是要受嘲弄和挖苦的。不管是男人还是女人，一般都不愿意承认自己有过单相思的经历。

其实，这世界上经历过单相思的人很多，如果真要统计一下，那肯定是一个令人吃惊的数字。我自己估计，世上三分之二的男女都有过这种经历，只是程度有轻有重、时间有长有短而已。单相思是人类感情生活中很重要的一个类别。一般成人只要仔细地去回望自己的情感历程，差不多都能发现单相思留下的痕迹。

只要是生理正常的男女，到了春心漾动的年岁，都会把目光投向周围异性中最让其心颤的一个，从而开始暗中的思念。单相思的对象要么长相漂亮外貌上能给人美感，要么心地好有才华人很优秀。单相思者的思念有没有结果，一要看对方是不是也正好看上了自己，二要看思念的一方有没有表白的勇气和机会，三要看周围的环境适不适合那份感情的发展。单相思并不是未婚青年人的专利，那些成了家的男女，甚至老人，他们对周围特别优秀的异性，也都有可能在暗中生出一份思念。

单相思表现了人趋美趋优的本能，是人在美的、优秀的同类面前一种正常的心理反应，不属于变态。只要单相思者不要求对方做出回应，它就不应该受到任何讽刺挖苦，更不应该受到谴责。单相思者不必为自己有了单相思而自卑自责。如果一个人见了漂亮、优秀的异性心里毫无所动，根本生不出单相思，那倒是值得警惕了，是不是心理或生理上出了什么毛病？

其实，一个人拥有的单相思者越多，表明他或她美或优秀的程度越大。一个丑的、不优秀的人，不可能拥有单相思者。

当然，单相思者要注意调适自己的心态，一旦意识到自己对异性的相思是单相思，就应该想办法尽早淡化它，不使它影响到自己的正常生活，更不能给相思对象的生活造成麻烦。只要紧紧地被限制在人的内心世界里，它便是一种美好的东西。

我也有过单相思的体验。那是我的初恋。

在十四五岁的时候，我悄悄爱上了同校的一个女生。她引起我的思念是因为她长得很美。那姑娘的美不是那种特别抢眼的美，她的美需要你去细看才能发现，她的那双眼睛灵动娇媚，看你一眼你心里就会生出一种甜甜的东西。我不知道她的年龄，她可能属于发育快和早的那类女孩，胸部和臀部高得让人心惊，总抓我的眼睛。而且她会唱歌，能跳舞，擅朗诵，是学校里常出头露面的人。我每次看见她，心总要莫名地一跳，脸先自热了。我和她不在一班，平日里并不在一起上课，可我老想找机会看见她，就常在课间休息时到她所在的教室附近转悠，期望能够看见她的身影。不过有时她真要向我走过来，我又吓得赶忙扭转了脸假装去看别的，并不敢真盯了她看。逢她上台演节目，我必是聚精会神地看，而且看得大胆，目光全在她一个人身上，想记住她身上的一切特征。她并不知道我在暗恋她，甚至很少留意到我，更少同我说话。

怎样才能引起她对我的注意，成为我那时常在内心里琢磨的事情。我记得我曾幻想有五种机会让自己去接近她，使她了解我、爱上我。第一种是她在学校附近遭遇了坏人袭击，刚好让我碰上，我奋不顾身地冲上前把坏人赶走，时间最好在傍晚，她又受了伤躺在地上——当然不要伤得很重，不要伤在脸上——我于是上前弯腰把她抱在怀里，径直送到校医那里帮她包扎。这一来她肯定会对我产生好感进而爱上我……第二种是她星期六离校外出时突然得了急病，当时她身边没有别的相熟的同学，只有我，我于是上前背起了她，她那阵已无力拒绝，听任我背了她向医院里走，她把头伏在我的肩上感动地说：太谢谢你了……第三种是在夏季发大水时她不小心掉进了河里，因为河水流得很急，看见她落水的同学都没敢下水，只有我不顾一切地跳下去向她游去，我一只手从背后抓住她的衣领，另一只手划水向岸边靠，终于平安地将她救上了岸，当她仰躺在岸上苏醒过来后，她紧紧抓住我的手说：谢谢你救了我的命！……第四种是她在新学期开学时把带来的学杂费全丢了，她正在那里哀哀哭泣时我走上前说：我这儿有钱，你拿去先交上吧！她很感动，抓住我的手不停地摇着……第五种是她有一天正在公路边走，一辆汽车突然失去控制朝她轧过去，我在那千钧一发之际猛向她扑去，抱住她滚到了路边的沟里，从而使她保住了命，她起身后感动得抱住我不停地亲我……我想得很美，遗憾的是那只是些幻想，五种机会没有一种能真的出现，所以到最后我和她也没能接近。

在单相思的那段日子里，她常常能走进我的梦中。那是一些光怪陆离的梦，那些梦境今天已记不清，如今还能记得的，只是一些梦的碎片：一个面目狰狞的鬼怪突然出现在我们学校里，抓起我和她就飞上了云端……我和她站在一座荒无人烟的山上，四周全是绝壁，她当时吓得哇哇大哭……

单相思对我的学习也有很大的推动，它变成了一种新的动力。我暗暗发誓要好好学习，争取将来能当个公社书记。我想只要我当上了公社书记，就有了向她求婚的资本，我将穿上一身板正的中山装，郑重其事地走到她面前说：我爱你！那个时候她大概就不会低看我了，会羞涩而高兴地说：我愿意嫁给你……

单相思也使我很注意自己的衣饰穿戴。我总是要母亲把我的衣服洗净；为了保持衣领的板挺，我在衣领上别满了曲别针；我学一个老师的样子，特意把两个套袖套在衣袖上；我没有新鞋，为了使那双旧黑布鞋看上去还像新的，我朝鞋帮上涂了墨汁……我还想办法买了一块香皂，每天早上都极认真地洗脸，而且很努力地刷牙，一心要把牙刷得比她的牙还白。

所有的单相思者，都希望最后的结局是两人走到了一起。我也不例外，没想到正当我这样向往时，一个霹雷突然在我耳畔炸响：她已经有了对象，他是一个年轻的军官。消息飞到耳边的那一刻，我惊呆了，我站在原地久久未动，连上课的钟声都没能听见。我一连两顿没有食欲，没有人知道我出了什么问题。不久之后的一天，我亲眼看见了那个年轻的军官。他来学校看她，她灿烂地笑着送他向学校大门口走，我定定地望着他们的身影，听见了自己的心轰然崩裂的响声……

我的单相思不得不结束了。结束了这段单相思的我变得更少言寡语了。此后，我便把精力更多地用到读小说、打篮球和正课的学习上。我下决心此生要干出一个样子来，我一定要娶一个比她还漂亮的妻子。后来，当那个从军的机会来到时，我不顾一切地抓住了它，我想：我也要当一个军官！

我真的当上了军官，可那已经是很久以后的事了。军官的生活并不像我想象的那样浪漫和轻松，一连串新的问题摆在我的面前，我开始了另一种忙碌，她的面影在我的脑海里日渐淡漠。随着时光的流逝，她终于完全退出了我的记忆。但印痕还是留下了。

当朋友要我写写初恋的时候，她便又袅娜着由远处向我走来……

活在豫鄂交界处

我家所在的邓州构林镇，位于河南省境的西南部，离鄂北的名城襄樊也就三十公里。

解放前，因为这里是两省交界处，离豫、鄂两省的省城远，官府的权力抵达此地时小了许多，故此地匪患严重，土匪一杆子一杆子的，特别多。

1948 年夏天那个阴云飘动的早晨，襄阳城南门外宋家香烟铺子三十八岁的老板娘奉丈夫指派，进南门去城里的米铺买米。原本一个时辰就可回来，没想到她竟一去不回，再无踪影。真实的情况后来才知道，原来是一杆子土匪想抢米铺，结果因米铺防守太严没有得手，正生气要撤时看到了来买米的宋家老板娘，见她还有姿色，就顺手捂了嘴塞进马车抢走了。香烟铺子的宋老板哪知道真情，慌得跑遍了襄阳和樊城几乎每一个角落，可哪儿找得到？他去警察局想求警察帮忙寻找，警察局局长训斥他道：现在国军和共军正准备打仗，襄阳的军警都在紧张备战，谁还有心去为你找个女人？……

他于是只有绝望地把头抱紧。

几天后的一个黄昏，有个过路的马车夫进店里来买香烟，听说了老板娘失踪的事，问了问她的长相和穿着，那人回忆说，他这趟去河南邓县拉桐油，在那儿的构林镇上见过一个很像老板娘的女人。宋老板不相信这个捕风捉影的消息，他认为妻子绝不会跑那么远到那样一个陌生的地方。可他的大女儿——十九岁的蔓蔓想娘想得厉害，就要立刻去找娘。当她不顾父亲的阻拦，用锅底灰把脸抹黑，拎着一把纸伞，挎着一个小包袱于第二天早晨急急走出她家的香烟铺子时，她并不知道她此生的命运就要发生改变了。

她慌忙地赶到汉江边，上了渡船。

江对面的樊城她过去跟爹来过，街市上的繁华和襄阳不相上下，可眼下因为备战变得行人稀少街面萧条了。她无心去看街景，只是匆匆问明了去河南邓县的路，通过了军队设的路卡，三步并作两步地向北边走。

天开始下雨。那时候鄂豫两省间的通道还是明清时期留下的驿路，因为战争的频繁发生也因为土匪的猖獗，沙土驿路上既无马车也无牛车，六十来华里的路全靠宋蔓蔓的两只脚走。还好，大约是天正下雨的缘故，路上并未遇见土匪和歹人。当她终于看得见“构林关”三个字时，她身上的力气差不多已全被路面吸走。

时间已近黄昏，雨早已停下，正当她准备进镇街时，一个哼着小曲的中年男人一摇一晃地迎面走来。她忙迎上去问：“大叔，我从湖北襄阳来，想向你打听一个人，行吧？”

那人仔细地看蔓蔓一眼，很是意外地叫道：“嗬，你这姑娘胆可够大的，这兵荒马乱的岁月，你敢一个人走这样远的路？不怕土匪把你抢了？说吧，你找谁？这构林镇上的人没有我不认识的。”

“我找俺娘，三十八岁，襄阳口音，几天前离家的。”

那人的眼珠在飞快地转着，一刹那之后带了笑说：“你找我那可真是找对了，你娘我见过，前几天才来我们镇上，一直住在一家客栈里。你可以跟我先去我家歇歇，然后我就去叫你娘来跟你见面。”蔓蔓一听这话，高兴得“啊”了一声，一直紧皱的眉头松开了，连连鞠躬说：“谢谢大叔，谢谢大叔。”之后，她就跟着那人到了他家。那人的屋子很破旧，屋里除了很多空酒瓶、一张床和一条旧被子，差不多没有别的东西。“你先在家里坐坐。”那人边说边退出门去，蔓蔓感激地看着他的背影，唯一让蔓蔓诧异的是，他出去时顺手锁上了门。这是干什么？是怕别人来打扰我？

蔓蔓哪里料到，她把信任给错了人。这个名叫四赖子的男人是构林镇上有名的酒鬼和赌徒，他根本没见过蔓蔓的娘，镇上也根本没有从湖北过来的女人，他对蔓蔓说假话收留蔓蔓的全部目的，是想把蔓蔓转卖给那些想讨老婆的光棍汉，以换得一笔喝酒和赌博的钱。四赖子干这事已不止一次，所以他没用多久就在镇上找到了一个想娶媳妇的男人。他说他有一个姑家表妹，今年一十八岁，人长得花容月貌，就是家里穷些，最近他姑妈得了重病，急需钱用，因此委托他为表妹找个好人家，现在表妹就在他屋里，想在今晚娶走的话就赶紧拿出两块现大洋来。那光棍汉一听有这好事，高兴地说："麻烦四哥就站这儿等着，我这就去找人赊账。"不大工夫，那光棍汉以自己的房子为抵押，真的从一家杂货铺老板那儿赊来了两块大洋。四赖子伸手想接，那光棍汉缩回手说："咱们一手交钱，一手交人。"四赖子有点不高兴："你还信不过我呀？咱们是街坊，我还能跟你玩空城计？走，去我家，我让你看看是真还是假！"

两个人来到四赖子那两间草房前，隔了窗棂一看，蔓蔓那阵已把油灯点上，正在灯下心神不安地坐着。光棍汉一看蔓蔓果真长得眉清目秀，当下就把两块大洋塞进了四赖子的手里，低了声说："谢谢四哥，今晚容我先和她成亲，明天再请你喝喜酒。"说着就要推门进屋，四赖子急忙拉住他轻声交代："我这表妹并不愿今晚就立马成亲，我们得略施小计才能让她顺从地跟你回去。"边说边示意他站在门外，自己打开门锁走了进去。蔓蔓一见他回来，喜出望外地站起身问："见到俺娘了？"四赖子轻声说："外边有个人来带你去见你娘，你快跟他走吧。"蔓蔓一听，拿起自己的小包袱，向四赖子施了一礼，就兴冲冲地向门外走去。

光棍汉没细听四赖子和蔓蔓的对话，只管心花怒放地带着蔓蔓往家走。他俩前脚刚走，四赖子已兴高采烈地锁上门去了一家酒馆，响亮地对着伙计喊："拿酒来！"

蔓蔓跟着光棍汉走到他家门前时，觉着事情有些不对，忙问："我娘不是在客栈吗？你咋领我来了你家？"光棍汉被问得有些发怔，怔了一会儿才反问："你娘不是病重在家？你不是来和俺成亲的吗？"蔓蔓一听大吃一惊，当即转身就要去找四赖子。光棍汉这时才明白是四赖子说了假活，可他知道钱到了四赖子的手，就是肉包子打狗——有去无回，他不能人财两空，他必须让这姑娘做了自己的老婆，才算不吃亏。他决不能让这姑娘走，于是上前一把抓住蔓蔓的手说："我已经花了两块大洋买了你做老婆，你必须跟我成亲。"边说边要把蔓蔓拉进屋里。蔓蔓这时才意识到了危险，死命地挣，两个人的撕扯加上蔓蔓的哭喊惊动了两边的邻居，但这种事邻居们不好管的，那年头男人花钱买女人再正常不过。蔓蔓到底力不抵男人，很快被光棍汉拉进了屋里。按这类事情正常的发展程序，一场悲剧眼看就会发生，她将和她娘一样被人强行占有。但两个当事者和构林镇人都不知道，一个更大的事件此时已在他们的身边发生——中原人民解放军的一支部队已经奉命急行军悄然到此，以截断南阳和襄阳之间的联系。当蔓蔓绝望的哭喊持续地在镇街上飘荡时，解放军的一个连已不费一枪一弹解除了民团的武装并开始在街上巡逻，蔓蔓的哭喊引来解放军的连长带人敲响了光棍汉的门。

脸上被抓满血印的光棍汉开门一看是些带枪的兵，顿时吓得腿有些发软，忙说："老总，我是——"衣服已被撕得乱七八糟的蔓蔓一见有人来过问，急忙扑到连长面前抱紧了他的腿说："快救我——"

不消几分钟，连长便问明了事情的来龙去脉。连长明白之后，眉头就皱紧了，指着光棍汉说："我们这支队伍主张婚姻自主，你强迫这姑娘和你成婚，是不行的，我们有保护这姑娘的责任。"光棍汉也不敢和拿枪的人耍横，只说："人是我花了两块大洋买来的，你们不让成亲，也中，那总得把钱给我吧？"连长摸了摸自己的衣袋，里边并没有装钱，其实就是里边装了钱，他也不能把钱用在这事上。蔓蔓一见连长没有钱，立马又哭开了，这当儿，连长身后一个用绷带吊着右臂的瘦高个子通信员说："连长，我有钱。"说着，就真掏出了两块大洋。连长看着高个子，说："二有，那是组织上给你养伤用的。"二有在前不久的一场战斗中伤了右臂，因为这场战斗的伤员太多，上级让伤员们就地疏散养伤，能回老家养伤更好，可领两块大洋离队。二有的家就在这构林镇附近，被连里确定回老家养伤，因此领了两个银圆。按连队原来的安排，他随连里行军到构林镇后，就可以离队回家了。二有说："先尽急用吧。我家离这儿不远。到了家就饿不着我。"连长犹犹豫豫接过了那两块大洋，转手递给了光棍汉。光棍汉接了钱显然怕连长再变卦，赶紧进屋关门上闩。

“现在你怎么办？”连长看着重获自由的蔓蔓问。蔓蔓说：“我回襄阳。”连长说：“据我了解，襄阳那儿马上就会变成战场，子弹可不认你是不是襄阳人。我劝你还是先留在这构林镇上，等战事过去了再回家。”

“不不不，”蔓蔓急忙摇头，“我害怕这个镇子。”

“那……”连长沉思着，“要不你先跟二有去他家住几天，他家离这镇子不远，他是我的兵，我敢保证他会保护你，等襄阳的战事一过去，你就让他送你回家。”

蔓蔓看了一阵吊着伤臂的二有，半晌才点了点头说：“那好吧。”她的话音刚落，二有就有些急了，叫道：“连长，这不大好，我忽然带个姑娘回家，会让人误解的。”连长有些不耐烦，说：“这点球事你都给你家人解释不明白？好了,赶紧带上这姑娘走，部队马上就要行动，没时间跟你啰唆！”

于是就在这个夏雨过后有月牙儿的晚上，蔓蔓跟着二有来到了那个离镇子只有三公里的周庄。二有的一家对蔓蔓给予了最热情的接待。二有的爹娘以为这个城里打扮的姑娘就是儿子领回来的媳妇，欢喜得眼都眯了起来，可二有明确地说：“她只是在咱家避几天难，与我毫不相干，你们甭操别的心。”蔓蔓出于对二有拿钱相救的感激，从第二天起就自动担负起给二有伤臂换药擦洗的任务。随着这种近距离接触的增多，蔓蔓和二有相熟了起来，他给她讲部队打仗的事，她给他讲母亲失踪的经过和她在襄阳城南门外的经历。两个人就在这种交谈中互生了好感。蔓蔓问：“你说实话，你现在后不后悔为我花了那两块大洋？”二有说：“两块大洋救了一个人，咋能会后悔？”十几天后，传来消息说襄阳已经解放，蔓蔓挂念着家人，急着想回家。二有说：“为了你路上安全，我送你。”蔓蔓没再客气，两个人于是步行上路，蔓蔓背着贴饼子和煮鸡蛋在前边走，二有吊着伤臂在后边紧紧相跟。

襄阳和樊城已被战争改变了模样，蔓蔓家的香烟铺子也早已被炸倒。幸存下来的街坊们告诉她，她走后第五天，她被土匪劫走的娘偷跑了回来，可仅仅过了几天，她父母就被倒塌的香烟铺子压死了，妹妹随着逃难的姑姑向山里跑了，至今没有消息。蔓蔓站在家屋的废墟前捂脸大哭。二有默站在一边，等她终于停下哭时把她紧紧搂到了怀里。二有说：“既然这个家没了，你就还跟我回河南的家吧。”蔓蔓没有说话，只是又一次哭出了声……

蔓蔓没有了别的办法，只好跟着二有又回到了河南。这一次，二有的娘看出这姑娘真有可能成为儿子的媳妇，就大着胆子对蔓蔓说：“姑娘，你要是觉着跟俺二有过日子不委屈你的话，我就为你俩办桌喜酒。”蔓蔓听罢看了二有一眼，二有也正看着她，她于是点点头。她把头这么一点，第二天就成了二有的媳妇。

1952 年，笔者在周庄出生了。长到四五岁我才知道，二有是我的远房二伯，蔓蔓是我的远房二娘。我听老辈人说，他俩成婚后，因为蔓蔓的湖北口音和清秀长相，她成了我们周庄最受关注的新媳妇。二有伯的伤臂好了之后，经常领着蔓蔓去构林镇赶集，给她扯了好多块花布让她做衣裳，蔓蔓因此成了我们村里花衣裳最多的媳妇。

但这种好日子并没有持续多久。在后来的土改运动中，二有伯的家被划为了地主。这是那个年代里很可怕的一个头衔，这个头衔立刻像紧箍一样，束住了二有伯和蔓蔓二娘的头。所幸二有伯有一个退伍证，这个证件保证了他们夫妇不被歧视和批斗。

二娘把二有伯的退伍证当作宝贝似的保存着。他们就在这个证件的保护下生了几个孩子，过了十几年的安稳日子。

这之后，1960 年来到了他们的生活里。这个年份在他们的生活中之所以显得特别，除了灾害和饥荒，还因为蔓蔓二娘在这一年把二有伯的退伍证丢了。可能是饥饿的威胁太可怕太紧迫，证件的重要性相对降低，所以蔓蔓二娘放松了对它的看管，致使老鼠——差不多可以肯定是家里那些饿急了的老鼠，毁掉了那个证件。

已经过去的那些安稳日子多少麻痹了蔓蔓二娘的神经，她没有想办法立刻去补上这个证件，结果，当 1966 年的“文化大革命”来到时，她和丈夫、孩子所组成的小家，同婆婆等地主分子一起，受到了猛烈的冲击，孩子们从此不得上学，全家人在村里受到了歧视。她想找县民政局为二有伯补发一个退伍证，可苦于找不到二有伯所在的部队，找不到证明人就办不成。她一气之下得了一个奇怪的病——瞌睡症，动不动就会睡过去，而且睡得香甜无比。通常，她一觉要睡二十分钟或半个小时，这一觉和下一觉的间隔可长可短。即使是正在做饭，正在说话，正抱着孩子，她说睡立马就可以睡过去。我长到记事时，经常看到二娘在坐着睡觉，怀里的孩子在咿呀乱闹，旁边的村人在大声说笑，家里养的那只黑狗在她身边大叫，可她照样在睡觉。

因为没钱也因为这个病没有严重的后果，二娘并没有找大夫也没有吃药。二有伯可能催过二娘去看病，见她不在乎也就没有坚持。二娘有了这个病后，坏处是容易误事，全家人要吃饭了发现她还坐在灶前睡觉，客人跟她正聊着天她却睡着了。但也不是没有好处，凡是她不想打交道的人，即使那人来到了她面前，她也可以立马闭上眼睡过去，对方还不好怪罪；凡是她不想听的话，对方的声音再大，她也可以闭上眼睡过去，完全不听；凡是她不高兴见到的事，她闭上眼就睡，可以做到眼不见为净。正因为她有这个病，在我长大以后，我还从没有见二娘生过气发过火吵过架，她在清醒时总是笑盈盈的。

较长时间的睡眠可能对人的健康很有益处。我的二娘因为有了这个瞌睡病，因为延长了睡眠时间，她的身体一直很好，很少得别的病。她要为几个孩子、为她那个穷家操劳，辛苦是肯定的，但你却看不见她脸上有多少疲劳。在她过了五十岁之后，我的二有伯再次负了伤，这次是在村里修桥时不幸被砸断了一条腿。二娘肩上的担子更重了，要操心的事情更多，要干的活也更多，但大约因了瞌睡病的保护，劳苦并没有损坏她的健康。如今她已经八十岁，还能抱着小孙女满村里走，还能为全家人做饭，还能饶有兴味地抽纸烟，当然还常常打瞌睡。前不久我回故乡探亲见到了她，她很高兴地拿出一个小红封皮的本本让我看，我翻开，见是县民政局为死去多年的二有伯补发的一张革命军人退伍证，上边填着二有伯的名字，注明了退伍的时间。

“我终于找到了两个能证明你二有伯当过兵的人，所以他们就给我补发了。”八十岁的二娘骄傲地说。我有些诧异地问她:“二有伯都已经去世几年了，你要这个证还有啥意思？”

“当然有意思了，有了这个证，就证明你二娘我当初嫁的是一个正经的退伍军人，不是一个地主的儿子，证明我这当初的选择没有错，证明我的命并不苦。”

我怔怔地望着二娘，长久无语。

喜来

把儿子起名为“喜来”，这其中一定含着某种期盼。是盼儿子早日成婚，把仅有父子两人的孤单的家扩大为孙子孙女绕膝的大家庭，还是盼他在仕途上、事业上成功，为这个一向受人轻视欺负的家带来威望和荣誉？我不太清楚，我没有问过那位敦厚而不善言辞的父亲。

不管是期盼前者还是期盼后者，反正在我认识喜来的时候，“喜”还没“来”。

我们那时都在镇上读初中，正处在人生最艰难的阶段。我们都是农民的儿子，都住在僻远的乡间。学校离我家六里，离他家十二里，我们住在学校，吃的粮食都靠父亲往学校里送。同样的境况使我们开始接近、要好。那时一年一个人能分到的细粮不过几十斤，父亲就是一口不吃全送给我们，也填不饱我们年轻而贪婪的肚子。于是我们课余时间就常在学校的食堂周围转，望着食堂蒸笼里那些腾着热气的白馍，我们一齐吞着口水，把无数的向往咽进肚里。

他或我偶尔有谁买到一个白馍，会掰一半给另一人解馋。呵，那个香甜！

我和别的同学一起去他家做过客。他家和我家一样，都可以用“家徒四壁”来形容。土坯垒就的光线不足的屋里，除了简单的床、桌，就是几个盛粮食的土瓮和盆罐，整个家产不值几百元。我记得喜来的父亲那天给我们做的是白面条。望着老人用面瓢从不大的瓦瓮里舀那本来不多的白面，我懂得他这是在用最好的东西招待我们。我和喜来那时已经明白，父辈那里，我们都没有任何可以炫耀、依托、依靠的东西，我们只有靠自己！

也许就是因为这困苦，我们懂得了学习要用功。

喜来的学习成绩在班上一直名列前茅，所用的课本常常是学校奖给他的。他的字写得尤其好，班里要用钢板刻印什么资料，要用毛笔抄什么东西，都是找他。我那时虽高他一个年级，但他的钢笔字和毛笔字却是我极佩服极羡慕的。

我们那时都有一个没有说出口的决心：考上大学！那是我们改变自身境况的唯一出路，然而这路还是被“文化大革命”堵了。

但我们没有死心，我们在寻找另外的出路，我们几乎同时萌生了当兵的愿望。于是，在 1970 年的冬天，我们一同穿上了军装，他去北京，我到山东，从此开始了军旅生涯。

这期间我们没有联系，但当我爬山越岭汗流浃背进行炮兵射击测地作业时，我知道喜来也一定在他的岗位上辛苦忙碌，他不会怕苦怕累，他会珍惜这个奋斗的机会！

果然，当我十几年后在北京再见到他时，他早已是一个威武的团职军官了。他主持他所在部队一个重要部门的工作，妻子就是当年的同班同学，而且有了一个长得白胖漂亮名叫阳阳的儿子！

“喜”到底“来”了！

而且是两喜都到：美满幸福的家庭和事业上的成功！他父亲的期盼实现了，不管是期盼前者还是期盼后者。我为那个受了一辈子苦的老人高兴，我对喜来说：“该把你父亲接来让他享享福！”

我听到的是一句沉痛的回答：“他已去世了。”

我意外地望着喜来伤悲的面孔，最终也只能发一声长长的叹息。

那位慈祥敦厚满脸皱纹的老人，又浮现在我的眼前。我有些恨命运的不公：你原本应该再给老人几年“欢喜”的时间，要知道，那老人对“喜来”曾怀了怎样的希冀和期盼！

我和喜来那天谈了很多，记得谈话的末尾，我们说到了阳阳。喜来当时满怀憧憬地说：阳阳什么时候能成了材成了家，我这心就放下了……

哦，又是一代！

又在盼着“喜来”！

上一代切盼着下一代“喜来”，老一代含辛茹苦地为小一代创造着“喜来”的条件，这大概是我们这个世界繁衍发展的规则！

但愿阳阳这一代的“喜”来得更令人振奋，更叫人激动！

癸酉年自白

我 1952 年来到这个世界，至今已四十一载。我估摸我的日子已送走了大半，回首过去的时光，觉得应该有番自白。

我第一件想说的事是：1960 年春末饿极时，我曾去生产队的麦地里偷扯过没长熟的麦穗，回来在火上一烧，搓下麦粒吃。其中一次是在一个下着雨的傍晚，身个很小的我拎个小筐惊惊慌慌地走进麦田，雨点打在麦叶上的响声令我胆战，我唯恐被看护麦田的生产队干部发现。那晚的经历至今仍留在我的记忆里，使得我如今一在傍晚时分看见麦田就想起那个傍晚，就听到那晚的风声雨声，就重新体验到那种胆战心惊。

我一直在为没钱苦恼。钱这个东西对我的折磨实在太长久。上初中那两年，每月回家拿伙食费，有时只能拿到五毛钱。有一次，我的一个同学在小镇的饭馆里请我吃了两毛钱一碗的放有牛肉的胡辣汤，我觉得那真是世上最好吃的东西，我对那位同学满是感激。我是 1982 年才见到存折的，也就是活了三十岁才能进银行存点钱。我调到济南军区政治部后，因为家里负担太重还需要借钱。我至今还记得那时找人借钱时的那份屈辱和难堪。有两件事已经永远地留在了我的脑子里：我结婚时，房间里只放了一个用两块钱买的包装箱；我有儿子后他的尿布舍不得扔掉，托人从济南捎回南阳老家。我渴望过一种不再受钱折磨的生活。也就是近两年，我的日子才算好过一点。

我的自尊心特强，而且伴着严重的自卑。这可能是从下层社会走来的人的通病。我最怕被人轻视，谁轻视了我，我总要发誓超过他，要让他重新认识我，虽然有时并不能如愿。对看重我的人，我愿拼死为他出力，把心掏给他。我最讨厌那种自高自大自以为不得了的人，这世界上没有不得了的人，谁都有可能被超越。我很少看不起人，这可能是自卑在起作用，我总觉得我是个平庸的家伙，任何人都可能比我强。

我害怕的东西很多。我怕高，不愿登高，医生说这是“恐高症”。修理电灯，桌子上再放一个椅子，我登上去就有些害怕。1984年在西安求学时，同班的人大都去登了华山，可我没去，我不敢。我缺乏冒险精神。我惧怕车祸。每次坐车，不管是火车、汽车还是三轮车，我都时刻担心会出车祸。我每次离开济南的宿舍时，都把东西简单整理一下，以便家人日后来整理遗物。我认为当代社会，人的生命并不掌握在自己手里，而掌握在驾驶员手中。我害怕看人打架，不管谁打谁，不管谁胜谁负，我听见人的肉体被击打时就害怕。我这辈子没同人打过架。读初中时，一个同学把我新买的一顶布帽的帽檐弄折了，我非常心疼，气得上前把他头上的布帽也抓下来揉了揉扔到地上，这是我唯一的一次对他人的攻击行动。

我见不得别人流泪。别人一流泪我就也想陪着流泪。村上人送葬，死者的亲友们还没开始哭，我已先泪盈在眶了。我听不得穷人尤其是女人们诉说苦难，她们一诉势必弄得我泪流满面。我常常为电影、小说、戏剧中的人物流泪，看一些电影，别人还没怎么感动，我却已经唏嘘不止了。1985 年去老山前线采访，男兵女兵们一讲述战友们牺牲、负伤的情况，讲述人还很平静，我已经要擦眼泪了。1991 年春末夏初，姜文来南阳谈一个剧本改编，让我讲老山前线的见闻时，我竟然又流了泪。我对自己的这个毛病非常痛恨，很想让自己的心肠硬起来，但没有办法，我估计是我的泪囊有毛病，里边的泪水太多。

我口拙，不善言辞。如果是熟人，是好朋友，是同行，我谈话还能自如；如果是生人，我会感到窘迫。我讨厌夸夸其谈的人，尤其讨厌那些得意忘形、自视甚高、旁若无人吹大话的人。

我重视名声。我一旦对别人应诺了什么，就一定想法去兑现；我宁可在经济上遭受损失，也不愿让别人说我不仗义。

我认为人身上的兽性还太多，人在折磨同类时会用许多很可怕的方法。我痛恨那些折磨别人的人，不管他是用权、用钱还是用气力。我把人们平安相处作为我的社会理想。

我希望人们办任何事时都往 200 年之后想想。200 年之后，我们现在活着的人在哪里？不都完了？不都消失了？干吗非要去斤斤计较不可？干吗非要去你死我活不可？干吗非要去互相仇视不可？我们最后都将栖息在一起，栖息到土里，争什么呢？斗什么呢？

我好急躁。一件事不办完我总爱放在心上，睡不好觉。如果明天出发，我今晚就容易失眠。如果决定买一件东西，我就想立刻去办，办不成就会六神不安。

我常常对自己的记忆力产生怀疑。写完信明明是装对了信封，临到邮局时我还要抽出来看看，唯恐装错了。煤气灶明明是关了，我总还要去检查几次。出门时明明把门锁了，下楼后还想再回去推推门试试锁上没有。

我认为人类有末日，而且这个末日是人自己制造的，总有一天，人会用自己的双手把地球弄得不适宜人类居住，最后走向灭亡。我相信那种假说：地球在过去曾有过类似今天的文明，后来被毁了。

我认为与男人相比，女人身上的好处、长处更多一些。她们身上的善良、宽容、忍耐等优点让我感动，我愿意歌颂她们，关心她们，帮助她们。我不愿把她们写得太坏。

我有胃炎，它已经折磨我不短的时间了，要不我会胖些的。

我刚当兵时，黑胖黑胖，那时照片上的人与现在的我简直判若两人。我抱怨上天，既然让人的胃每天都要工作几次，当初就应该把它造得结实些。我一直幻想，什么时候在人的肚子上装个拉链就好了，肚里哪个器官有炎症，把拉链拉开，把那个器官掏出来抹点消炎粉该多方便。

我爱看电影，不管那电影拍得多么糟糕，我都可以看下去，主要是为了转移自己的注意力，不再想纠缠自己的问题。我爱听豫剧，不爱看剧情，爱听唱段，那种韵律让人舒服。有时也能跟上哼几腔，但不敢当着别人的面唱。我爱听二胡独奏曲，尤其是《良宵》。我曾经学过二胡，但后来基本忘光了。我还爱听小提琴独奏曲《梁祝》。

我认为有恩该报，哪位老师、朋友、同事帮我做了件什么事，有恩于我，我总要想办法回报，不然心里不安。我遵循“你敬我一尺，我敬你一丈”的原则。

我非常渴望能住得好一点，最好有一间宽敞的书房，让我在里边摆几排书架，放一个躺椅，舒舒服服地看书。

我讨厌老鼠、跳蚤、蚊子。我觉得上天当初不该造它们，它们给人带来的麻烦太多。

我认为人生最惬意的时候，是在有风的雪夜里，自己就着台灯的光，围坐在温暖的被窝里读书。身边是熟睡的妻子和孩子，他们的鼻息轻响，屋外不时传来风的怒吼和雪粒的扑打声。读累的时候，望望屋外的风和雪，想着自己此时若行进在无边的旷野里该是多么糟糕，心里会有一种带点庆幸的舒畅感。

我好遐想。不论是在干活还是在走路，不论是在读书还是在谈话，我都可能突然走神，去想一件和眼前的现实完全不相干的什么事，有时会想得很高兴很激动，有时又会想得很沮丧很伤心。

我爱吃面条。我吃过各种各样的面条，白面面条、绿豆面条、红薯面条都吃过。我一天吃三顿面条都可以，吃不够。我这几十年间可能已吃有上万斤面条了。我最爱吃的面条是糊汤面条，就是面条下好后再糊点面，放点青菜。面条是穷人家的主要吃食，我的这种饮食偏好是娘给我培养起来的，是我家乡的饮食习惯影响的。

我爱喝用清明节折下来的柳叶泡的水，我觉得它比用茶叶沏出的茶水有味，而且这种水喝了去火，让人身上不起疖子。小时候在家，每到清明节，总要和娘一起去折些柳枝来，晾干后捆起挂在屋檐下，喝水时捋几片柳叶下来，放进碗里，沏上水，水渐渐就变成绿莹莹的了，喝一口，有一股清苦味儿，也有一点香味儿。

我爱穿素色衣服，因为它不起眼，不惹人注意。我最怕在公众场合让许多人注意自己。虽然我渴望成名，可又不喜欢被人注视。在有很多熟人在场的情况下我不愿拍照。我不愿在会议已经开始了再走入会场，因为那会引得众人来看自己。

我爱打枪。我的枪法不错，不论是冲锋枪、步枪还是手枪，我打靶的成绩都挺好。其实我当兵后训练打枪的时间并不长，打枪的机会也不多，我想我打得准可能得力于我的眼，我的双眼目前的视力还都是 1.5。

我写过一封遗书。那是 1985 年我去老山前线采访前写给儿子的。我担心回不来，因为战场上什么事情都可能发生。我不是英雄，那封遗书中没写什么豪言壮语，只是给儿子交代了一些事情，其中有关于一点可怜的遗产之分配，他那时才五岁。可惜这封遗书没能留下来。详细的内容已记不起了。我不知道人间最早懂得写遗书的是谁，我觉得他的这个发明很重要。有了遗书，死者闭眼前可以心安——他已对该说的事都做了说明，活着的人也可以明白该为死者再做些什么。任何一种流传开来的发明都有价值。

我知道死在逼近我，我多少有些怕它。我希望它决定带走我时不要绕很大的圈子，不要故意捉弄我，它最好是趁我不防，突然到我身边，带上就走，让我很快进入另一个世界。

我知道灾难每隔一段时间总要找上一个人的门，我也知道它早晚还会找上我，不管我躲到哪里，它都会找来。我恳求它的只是：看在我从未做过伤天害理的事的分上，看在我半生坎坷的分上，不要给我太重的打击；或者是把一个很重的打击分成几次进行，以让我能够承受。我不是一个很坚强的人，我担心过重的灾难会把我压垮。

我不怕失败，可我怕失败后别人的幸灾乐祸。人幸灾乐祸时的那副嘴脸真是难看。不过那没有什么了不起，我会爬起来，我会摇摇晃晃站起身，我会再向胜利挪近，直到我把胜利攥到手里。

我敬畏时间。时间能让人把不该忘的东西忘记，时间能让熟识的人互不相识，时间能让男人长不愿长的胡须，时间能让女人生不愿生的皱纹，时间能把人变成痴呆，时间能把人的腰变弯。人快乐的时候，它会缩得很短；人痛苦的时候，它又会伸得很长。我无金钱去贿赂时间，我知道它不会答应在我身边停留，我希望的只是，它在我写一部作品还未写完而原来给我的时间却已尽时，最好能稍稍延长一点，别让我生出留下半部遗作的遗憾。

我喜欢看那些偎在母亲怀中的孩子，不管是男孩儿还是女孩儿。看见他们我心里会有一种舒畅感。不过看见他们时我也会有一种惊奇：为什么同是这样可爱的小东西，长大后有的会成凶手、强盗、荡妇，而有的则成为学人、工匠、淑女。我一直幻想，要是有一种神秘的鉴别器就好了……

我现在有一个儿子，我还希望有一个女儿，可惜按照计划生育政策我不能再要女儿了。我觉得最好的家庭结构应该是一对夫妻有一子一女，这样，孩子们将来长大好有个互相照应，大人也可享受儿女双全的乐趣。就我内心来说，我不仅想有个儿媳，当一个公公，我还想有个女婿，去尝尝当岳父的滋味。

我 喜 欢 的

在这个世界上，我喜欢的东西很多。

我喜欢吃糊汤面条——一种豫西南乡下农民常吃的饭食。面条里最好再放上芝麻叶。这是母亲在贫穷中让我养成的饮食习惯。

我喜欢穿灰的、藏青的或黑色的外衣，我认为男人穿这些颜色的衣服方能显出他们是和女人真正不同的另一类人。

我喜欢喝豫西南农人自家酿的黄酒，我认为这种酒是世界上最好喝的东西。我喜欢听豫剧，特别是古装豫剧《穆桂英挂帅》《花木兰从军》等剧目的唱段。

我喜欢听小提琴独奏和二胡独奏，尤其喜欢在静夜里听，不论奏什么曲子，都能使我的心颤动起来。

我喜欢看电影，喜剧、悲剧、正剧都可以，最好是悲剧，这会让我联想起许多东西，给我一种安慰：世界上受苦的并不只是我自己。

我喜欢从远处看美女，这会让我觉出世界的美好和神奇，让我产生写作的激情。但别让美女站我身边，那会让我失去看她的勇气；再者，我也可能挑出她长相上的毛病。

我喜欢看云竹——一种绿得可爱的盆栽植物，每次看见它，我心里都会出奇地温暖起来。

我喜欢跳进水里，但不是跳进大江大海里游泳，而是在清澈的山溪里或清净的水塘中站立。

我喜欢一个人在静静的夜里躺在被窝里读描写寒冷的书，那会让我生出一种幸运感。

我喜欢有一个外向的性格，给我增加一点社交的方便，可惜我的出身和经历没有允许我与这种性格结缘。

我喜欢和人平等相处，我交的朋友都没有架子，一旦他对我摆起了架子，我就将离他而去。

我喜欢坐火车旅游。我认为飞机和汽车太危险，我不愿把生命交付给一次空难或车祸；但火车也常有事故，我估计我最终有一天会死于火车相撞的灾难。

我喜欢交的异性朋友是一些善良、温柔的女性。

我喜欢闻炒菜的味道、苹果的味道和汽车驶过后汽油燃烧的味道。第一种味道让我忆起幼年在富裕人家厨房旁边闻起炒菜香味时的羡慕之状；第二种味道让我脑海里总浮起一片美丽的绿色；第三种味道常让我看见一条路——一条长得没有尽头的沙土大路，我不知道我什么时候走过那条路。

我喜欢住在一个有院子的住宅里，院子里最好有几畦青菜，但我知道这是不可能的，我没有钱去买这样一栋住宅。

我喜欢听人讲见闻，什么样的见闻都愿听，谁讲都可以，再吓人也不怕，啰啰唆唆讲也行。

我喜欢看孩子奔跑着扑进妈妈怀里。

我喜欢看少女去搀扶老人的情景。

我喜欢看男孩儿牵牛在田埂上走。

我喜欢看鸟儿在树枝上蹦跳鸣唱。

我喜欢看炊烟袅然飘飞。

我喜欢看少妇在溪边洗衣。

我喜欢看小伙子们在篮球场上飞奔。

我喜欢人间安宁祥和。

…………

藏书的地方

大约不识字的父母把对书的那份敬畏传给了我，故从上小学起，我对书的珍爱就开始了。那时，娘给我做的书包虽用的是土布，式样也不好看，可我书包里的书从来都是干干净净不折角不破页的。每学期发了新书，我都要找来纸小心地另为书包个皮，以保护封面不受损坏。学期终了，我会把不用了的书整齐地摆放在家里唯一一个小桌的抽屉里。后来因为积的书多了，抽屉里放不下，我就让娘为我找来一个盛香烟的硬纸箱子，把书摆放在纸箱子里。到我当兵时，家里已有四五个盛满书的香烟箱子。为了防止这些纸箱受潮，我用砖头支起一块木板，把这些书箱子都放在木板上。当了军官有了钱后，我买的书更多了，并且有了写书的愿望，这时对书就越加珍爱了。由于当时在野战军做事，流动性大，我只好买了木箱子放书。我真正用书柜藏书是在到了济南军区工作时。记得我当时一下子买了四个书柜，把家里放在各处的书一下子全收了进去。那年头一下子买四个书柜的人不多，所以我的举动很令我的几个同事意外。由于当时住房面积不大，拥有四个书柜后，我只能把它们分放在客厅和卧室里。就是这样，每次由外边回到宿舍，一看见它们站立在那儿，我的心里就涌起了一股巨大的满足。

从这时开始，我向往日后能有一个书房，一个专门藏书、看书、写书的地方。但这愿望在那个年头显得很奢侈，我只是想想而已。

我真正拥有自己的书房是在 1990 年。第一次坐在小小的书房里的感觉真是难忘，那其中有自豪，有惬意，有舒畅。哦，我到底有了一间专门放书和看书的屋子，有了一个暂时忘掉世俗烦恼的空间，有了一个安安静静思索和写作的地方。

调京之后，我的住房条件有了进一步的改善，书房的面积也扩大了。遗憾的是，因为藏书增加的速度也在加快，书柜更多了，房子依旧嫌小。如今，因我的书房摆不下更多的书柜，我只好在地上堆书，一摞摞的书堆在书房里，把有限的空间弄得更小了，使得我在书房穿行时得随时小心别碰倒书，用于走路的通道其实只有几十公分宽。由于拥挤，找一本书得惊动许多书的邻居，会耗费很多时间。

于是就生了新的期盼：能有一间更大的书房。我曾在电视上看见过作家李敖的书房，那间书房的宽敞令我羡慕极了。我想我将来的书房最好也能有六十到八十平方米，让我能放下二三十个书柜，使我所有的书都能分类存放；书房里能放下一个宽大的书桌，让我能摆上电脑写作并可以在桌上练习书法；书房里最好还能放下一把躺椅，供我写累的时候半躺在那儿看书；最好还能有一辆像酒店给客人送饭菜的那种小推车，让我把一些当下最需要看的书刊放在小车上，我可以推着它们到我想坐下阅读的地方。

这愿望显得有些过分了。实现它肯定很难，不过想一想还是可以的。人是需要用希望来支撑自己的一种动物，有点儿希望不算坏事。

我一直以为，书都是写作者心血的结晶——当然，那些以赚钱为目的兑了大量水分的书不在此列——应该妥善保存，你不接触它也就罢了，你一旦把它弄到了你的手边，就该善待它。而且只要你善待了它，它通常是会给你回报的，会多少给你一些知识、智慧和才华。人给书一个好的栖身之处，实际上是在为人类的经验和知识寻找一个存放处。社会上的图书馆，我们家庭里的书房，其实都和保存粮食的仓库一样，是我们维护正常生活不该缺少的地方。

当然，任何东西都有两面性，书房给我们提供了获取知识的方便，但同时也是囚禁我们的地方。当我们长久地在书房静心读书写作时，那模样是和囚徒一样的——只是这属自愿囚禁，是自我为了寻找更大的精神自由而甘愿进行的囚禁。

不知道世界上的第一个家庭书房是哪位人士建立的，不管是谁，我都对他怀着深深的敬意。他先于所有人知道在自己的家里应给书籍一间栖身的屋子，这是一个了不起的决定，没有对书的深爱和对精神生活的重视是不可能做到的。这也是人类进步的一个标志，作为一个后人，我对他满怀敬佩。

随着生活条件的改善，我相信我的书房会更加宽敞，我藏书的地方会更加可心，我身边的书们会得到更好的款待。

放 生

放生是佛界的用语佛家的主张，我虽不信佛，却也有过一次放生的经历。

那是去年夏天，我带儿子去桐柏山采访，一位朋友从一条小溪里捉到了一只元鱼，儿子喜欢，那朋友就送给我们带回了。

这年头吃元鱼已成风气，据说市场上的时价已达 140 多元一斤。朋友送我们的这只元鱼有 4 两左右重，所以所有见到这只元鱼的人都说，这家伙够做一盆味道鲜美的汤了。可我的儿子因为见它好玩而坚决反对吃它。

他找来了一个瓷盆，盛上半盆清水，把元鱼放进去，看它在水中慢慢爬动；他听说元鱼喜欢在沙子里玩，又去找来了一纸袋沙子倒进了盆中。此后，每逢他读书读累我写作写乏时，我们就围在盆边，静静地看那元鱼扒动沙子，把自己的身体一点一点埋入沙中，看它又怎样把身上的沙子抖掉，一下一下浮上水面。

有一天，我俩正这样看着时儿子突然问：“爸爸，人们都喜欢吃元鱼，吃来吃去会不会把元鱼吃光？”我被这话问得一怔。我说：“吃不吃得光不知道，反正如今河里的元鱼是越来越少了。”

“只要越来越少，最后就有可能绝迹。”儿子接口道，“如果元鱼真的绝迹了，以后的孩子们不就不知道元鱼是什么模样了吗？”

我被儿子的话逗笑了，说：“你想得倒远哩。”

儿子那天最后决定：“我看我们把它放了吧，让它还回水里活下去，说不定它还能生后代哩！”我沉默了一下，望着儿子嘴唇上的那些茸毛，觉得儿子是长大了。他已经敢于自己做出一些他认为正确的决定了。

放生那日，天下着细雨，儿子把元鱼装进一个网袋，和他妈妈一起去了一趟卧龙岗，把那只元鱼放进了诸葛亮茅庐前的卧龙湖中。儿子回来对我描述放生时的情景：我们把它放进湖中时，它停了一下，仿佛是在向我们表示感谢，然后就向水的深处游走了……

我看着儿子脸上的笑容，忽然想起了从电视上看到的一个场景：十几个美国人把搁浅在沙滩上的一头鲸鱼又推入水中，他们见鲸鱼向大海深处游走时，脸上浮的也是这种笑容。

看来，世界上懂得放生的人已经很多，而且放生之后的人都会体验到一种快乐。

也许，对每一个珍惜生命的人，大自然母亲都会把欢乐奖给他们。

欢欢喜喜过个年

又一个阴历新年向我们姗姗走来了。

一想起过年，欢喜之情立时就充盈了心胸。过年，给我留下了多少美好的记忆。

童年时过年，最高兴的是能吃到好东西。那时，乡下农家吃的不宽裕，不过娘总能千方百计积攒一些东西以备过年用。到了腊月二十七，娘便开始洗菜、发面、剁馅儿。二十八这天，肉包子、菜包子、糖包子就蒸了出来。年景好时，蒸各种包子用的是白面；年景不好时，用的是黑面——不管用什么面蒸的包子，我都要吃个肚子圆。腊月二十九这天，娘开始用香油或棉油炸制各种食品，也叫“下锅”，炸油饼、油条，炸藕盒、酥肉，炸麻叶、鱼块——这时我更是放开肚子吃，把一年间积下的食欲都填满。腊月三十中午，娘要熬一锅羊肉萝卜，让全家人边吃羊肉啃羊骨头边吃萝卜；下午则主要是包饺子，素馅儿、肉馅儿饺子都包出一部分，晚上的团圆饭就下饺子吃。接下来，从大年初一到初五，吃的基本上都是好东西，那真是吃得过瘾。

少年时过年，最高兴的是放鞭炮和捡鞭炮。大年三十夜里临睡觉时，我总要先给娘交代：明早记住早点喊醒我。到了四更时分，娘刚拍了我一下，平日总要赖床的我便立马起身穿衣裳，穿好衣服拿了家里买的鞭炮就向大门口跑，先小心翼翼地擦着火柴，点燃炮捻，然后拎着鞭炮便在门前边走边听那清脆的爆炸声。爆炸声一响，总能吸引来一群少年伙伴，大家一起在那爆炸声中欢叫，那份高兴真是无法言表。放完自家的鞭炮，便和伙伴们留心听着别人家放，一听到响声，就马上向那家奔去，到那里去捡“阴死炮”——暂时不响的炮，然后再想办法把它放响。整个大年初一的凌晨和早上，就是这样在鞭炮声和笑声、叫声中度过的。

青年时过年，最高兴的是穿上一件新衣裳。这个时候知道打扮了，懂得爱美了，穿衣服总希望穿得鲜亮时髦，过年时最大的愿望就是能穿上一件可心的衣服。大年初一早上，把新衣服穿上之后，和几个同年龄的小伙儿凑在一起，嘴上叼一根烟卷，互相品评着对方的衣服，然后把话题慢慢转移到姑娘们身上，不时发一声响亮的笑叫。那份快活真让人难忘。

转眼间到了中年，这个时候过年和过去不大一样了，要操心购买年货，要操心给父母寄钱，要操心给孩子买衣服，要操心给亲友买礼物，要筹划来年要办的事情……心里装的事儿实在太多。不过在办这些事儿的时候，心里依旧高兴，尤其是年三十晚上吃团圆饭的时候，看到全家人在自己的操持下快快活活地坐在一起，心里真是满溢着欢喜。

如今，我还暂时体会不到老年人过年时的心境，但我知道，再过二十几个春节，我就也到老年了。老年，的确离我已经不太远了。人生，实在很短暂。有时想想，幸亏先辈人创造出了春节这个节日，想出了过年这个主意，要不然，这短暂的人生中会少去多少欢乐。假若我们一生中没有过年这回事，那人生会变得多么乏味。

即将到来的这个春节，因为是 20 世纪的最后一个春节而变得格外珍贵。如今回头看去，20 世纪已经过去的九十九个春节，其中有相当一部分并没有给国人带来多少欢喜，甚至有一些春节国人是在枪炮声中度过的，还有一些春节到来时老百姓正为衣食发愁。我们今天在喜迎本世纪的最后一个春节时应该庆幸，我们活到了本世纪最好的时候。在这个即将到来的春节里，我们国家的国力空前强盛，再不用担心听到外敌入侵的枪炮声；我们国内市场物资供应空前充足，再不用为买不到东西发愁；我们每个公民都享有比较充分的言论自由，不用害怕因为说错什么话而被治罪；每个人都享有旅行的权利，可以自由外出度假。一句话，我们可以尽情去享受节日所带来的那份快乐。这个局面的到来并不容易，为此，多少前辈付出了汗水、心血甚至生命。

未来的岁月还有无数个春节等待着我们和我们的后代去度

过，但愿随着我们国家的强盛和民族的振兴，以后的春节会带给我们和我们的后代更多的欢乐。前辈人为我们创造了这个欢乐的节日，我们应该通过努力使这个节日永远充满欢乐。

欢欢喜喜过个年是每个国人的愿望，但愿这个愿望今后年年都能实现。

我过元宵节

今天看来，将正月十五定为元宵节是两千多年前西汉人们的一个贡献。正是这个节日，让辛苦了一年的黎民百姓，在经过了亲友团聚的春节后，又有了个狂欢的机会，好把积蓄了一个冬天的精力都发泄出来。

在中原民间，元宵节是一个近似于西方狂欢节一样的节日。

回首走过的岁月，我度过的元宵节已有几十个了。

童年记忆中的元宵节，是镇街上拥挤的人群、晃动的人头和不绝的人流，是坐在大人肩膀上看在鼓乐声中走过来的踩高跷、游旱船的队伍，是人们不绝的欢呼和放肆的高叫。在镇街的十字街口，踩高跷、游旱船的队伍停下来表演时，人们的欢乐会达到巅峰，踩高跷的高手会在这儿翻跟头，几家吹唢呐的班子会在这儿比着吹《百鸟朝凤》。最重要的是游旱船的男扮女装的演员们要在这儿把旱船撑得滴溜溜转，“她们”一个个涂脂抹粉穿红着绿，要故意在这儿借撑船的机会显示出自己“美妙的女儿身段”，逗人们笑得前仰后合。更有趣的是，有胆大的看客趁男扮女装的演员们不注意，猛伸手掏出他们装在胸前当乳房的大红薯，使得他们高隆的胸部塌了一半，那演员却假装害羞捂住了脸，那场景能把人们笑得流出眼泪。成群的笑声纠结成团，会顺着街筒滚出几里地远。

少年记忆中的元宵节，是在村头欢快地抡自制的火把。离元宵节还有几天，我们这些孩子就开始在家里和村里四处寻找用到一半的笤帚，实在找不到，就悄悄把娘新扎的笤帚藏起来，不管娘如何着急寻找也不拿出来。到了元宵节的夜里，大家一起拿着笤帚、火柴和细绳子来到村头的田野里，把细绳子绑在笤帚的把上，然后用火柴点燃笤帚，一只手拎着绳子就抡起来。着了火的笤帚变成了一个火球，被我们抡成一个火的圆圈，几十个孩子一齐抡着几十个火球，边抡边快活地喊叫着，那场面极为壮观。更有意思的是，一旦一个村子的孩子们开始抡火把了，其他村子的孩子们看见后就也开始抡，这样，几个村子的许多孩子同时抡出许多个火的圆圈。伴着笑声和呐喊，还有大人们的鼓励和赞叹，天上皓月一轮，地上火光点点，天地呼应，那情景确实让人从心底感到无比的畅快。

青年时代记忆中的元宵节，是无数的灯谜贴在红灯笼上，看谁最先猜出来。我们这些青年男女在灯谜中穿行，一个个抓耳挠腮苦思冥想，都想把谜底先猜出来。谁猜得多猜得准，谁就可能得到异性的青睐。眼见得一对一对的男女因猜准灯谜而生好感而走在一起，甚至隐身到远处的暗影里，能把人急得和嫉妒得浑身冒汗。班里也会举行猜灯谜比赛，可我脑子转弯慢，猜灯谜的本领最差，干急却没有办法。有时可把一条灯谜的谜底猜到了，还没开口，已被机灵的同学先报了谜底把奖品领走了。记得有一个元宵节我只猜对了一条三等难度的灯谜，那灯谜的谜面是：开封城。要求是：答一个作家的名字。我给的答案是：茅盾。老师说：对了，请领走两颗水果糖。尽管没有一个女同学走过来向我表示祝贺，我还是眉开眼笑地乐了一个晚上……

从军后记忆中的元宵节，是看遥远夜空中的烟花。我记得有一年拉练进到沂蒙山里，到了元宵节晚上，恰逢我站九点熄灯后的第一班岗。我持枪站在哨位上时，远处县城的夜空中升起了绚烂的烟花，我高兴地叫了一声："嗷，看——"带班的班长闻声走过来训了我一句："喊什么？怕敌人不知你站在啥地方？！"我惊得急忙伸了伸舌头，乖乖，我竟忘了自己在站岗！班长大概看出了我眼中的落寞，不忍心地又轻声叮嘱："你看烟花吧，我替你观察着四周，但不许喊。"我急忙点头，急忙又把目光放在遥远夜空中的烟花上，照样看得兴高采烈，只是不敢乐出声来……

元宵节给了我太多的快乐，每一想起就对它心生感激。

南阳美玉

南阳，这个坐落在豫西南白水之滨的小城，有着辉煌的过去。

早在五千多年前的新石器时代，就有先民定居在这里。到周代，这里已成为申伯的都城。春秋战国时期，它是楚国著名的冶铁中心。西汉时，为全国六大城市之一。到东汉，因刘秀的帝业起于南阳，故被称为陪都，号称南都。其后，历代皆为郡、州、府治所。正因为南阳在历史上的这种地位，它的消费品位便一向不低。当世人发现玉这种美丽的石头可做饰物、用品和礼器之后，南阳人便开始了对玉石的寻找和对玉器的雕琢。

南阳人对玉石的寻找，传说完成于一个午后。那个午后，一帮负责寻玉的人走到了南阳城北的独山脚下，他们在一次次失败之后，一个个又渴又累又沮丧至极，就一屁股坐在了几棵古树下，都说再也不寻玉这种东西了，都说咱南阳可能根本就无玉。没想到就在他们歇息的当儿，忽见不远处出现一头浑身发着翠色光晕的牛。此处何以会有这种毛色的牛？众人觉得新奇，便起身想走近了看，那牛见众人起身，扭头就向山坡上的一处石壁前走，众人紧跟着，觉得牛到石壁前必然停步，未料那牛走到石壁前，头一低，轰然一下钻进了石壁里。众人惊住，待凝目细看，发现在牛钻进石壁的地方，散落着许多精美的玉块，有白玉、绿玉、黄玉、紫玉、红玉和黑玉，众人大喜：原来那牛是一头玉牛，是引领我等来发现这玉矿的……

自此，南阳人开始在独山采玉，并将这种洁净度和硬度很高的玉石，命名为独玉。

独玉质地细腻，色泽丰富，有数十种颜色，其硬度仅次于缅甸翡翠。随着独玉雕品向四面八方的传播，独玉便成了和岫玉、和田玉并列的名玉。

独玉的发现，为华夏大地上的玉家族增添了新的成员，同时也使南阳的玉雕业开始兴盛发达起来。到汉朝，独山脚下已出现了玉街寺，人们开始用各种工具对独玉石料进行加工，生产出各种各样精美的礼器、用品和饰物。东汉的科学家张衡在他的《南都赋》中，曾盛赞家乡的美玉“其宝利珍怪，则金彩玉璞，随珠夜光”。到宋元时代，民间艺人磨制的玉雕产品已开始向东南沿海的客人出售并转卖海外。元世祖忽必烈在即将统一中国之际，命几百工匠用独玉雕刻了一个巨大的盛酒器物“大玉瓮”，该瓮呈椭圆形，内空，可盛酒三十余石。元世祖就用这个玉酒瓮，在胜利之后大宴群臣。此瓮后置于北海广寒殿中，至今仍陈列在北海公园的团城。到明朝末年，南阳的玉雕业从业艺人已达千人，当时南阳城的许多街巷里，都有玉雕艺人在忙碌，多是后坊前店，自产自销。到清朝，南阳玉器的声誉越加高了，西域的许多商人尤其印度玉商，不再满足于中间经销商的供货，而是不远万里，亲自到南阳购买玉器。据传，当年的慈禧太后有一段日子心情郁闷，在宫中总发脾气，宦官们苦想改变她心情的主意。一天，一个宦官向李莲英告假说，他表哥是个南阳玉雕艺人，近日来京兜售他的雕品，想出宫去看看他。李莲英一听，忽然想起，何不让太后看看那些独玉雕成的玉器？说不定她会因此心情好起来。李莲英就传那宦官的表哥带着他的雕品进宫。那宦官的表哥带进宫中的雕品里，有一件是用独玉雕刻的一棵绿豆秧，豆秧上结着青翠的豆角，而且在四片豆叶上分别卧着两公两母神态各异的蝈蝈。太后在宦官们的搀扶下来看那雕品，一见那些栩栩如生的蝈蝈就兴趣顿生，就伸出手想去摸那些蝈蝈。那玉雕艺人不仅会雕玉，还会学蝈蝈叫，就在太后的手指要触到其中的一只蝈蝈时，他突然学着蝈蝈叫了一声，吓得太后猛把手缩了回来。众宦官都笑了，太后也破天荒地呵呵笑了。笑罢，太后说：这玉美，雕工也好，小李子，我买了。据说，那个南阳玉雕艺人那次是背着好大一包银子出宫的……

南阳玉雕的工艺一般分七道。其一是开料，就是把大块的玉料裁成宜于加工的小块。开料的方法或是依绺来开，或是按设计要求来开。其二是切玉，就是利用水凳上的扎砣，将玉料切成方块和方条。其三是冲砣，就是利用冲砣这种工具，把方块和方条玉料的方硬转角冲成圆的。其四是掏膛，就是把已经雕琢好的瓶瓶罐罐，用工具掏空它的内膛。其五是打钻，就是用椿木做成的钻加金钻粉在需镂空之处打透花眼。其六是透花，就是在器皿的素身上琢花纹。其七是抛光，就是对已经做成的玉件进行打扮，用皮砣蘸着一定的磨料将玉件磨亮。千百年来，南阳的玉雕艺人苦心摸索，创造了许多新的独特的琢玉方法和工艺流程，使得独玉雕品越来越精致空灵，看上去奇美无比。

南阳的独玉雕品在走进王宫皇室和百姓家中的同时，也走进了中国玉文化的发展历史。我国玉文化的源头大概在新石器时代，那时的玉器形体大多是一些平面体、柱状体的兵器，也有一些礼器和片饰，具有对称、均衡、整齐、光滑和实用的特点。到夏商周时代，玉器的特点是器形单纯简练且具有象征性、装饰性，花纹趋于抽象化、几何化和平面化，其风格与青铜器吻合。春秋战国时期的玉器，已较为自觉地用对称、平衡、排列、紧凑等规律来雕制，更加生动传神。到了秦汉魏晋南北朝时期，南阳的雕刻工艺在华夏大地上有了很大的影响，它的一些技艺被普遍应用，它在结构上的创新也被人们承认。隋唐时的玉器形体夸张，气韵生动。宋辽金时的玉器细部刻画精练，真实自然。这些变化的实现，南阳的玉雕艺人也贡献了一份心力。到元明清三代，我国的玉文化步入了鼎盛期。这时独玉雕品的造型特点，也与当时的绘画、书法联系紧密，雕制时讲究线如直尺，圆似满月，姿角圆润光滑。自民国以后，尤其是我国改革开放以来，南阳玉器的声誉日高，南阳近些年定期举办的玉雕节，吸引了全国各地和世界上许多国家和地区的玉器商人，从而把南阳的玉器推向了全国各地和世界上许多地方。伴随着玉器的远销，南阳的玉器雕刻工艺也在玉雕界产生了更大的影响。南阳市拓宝玉器有限公司 1999 年承制的河南省赠送我国澳门特区的大型玉雕礼品——九龙晷，是目前南阳玉雕水平的集中体现。此作品采用了浮雕、镂雕、圆雕等多种手法，把独玉的俏色设计艺术发挥得淋漓尽致，九条盘龙色彩各异，栩栩如生，如来自大自然般鲜活，似正在云中翻滚般灵动。一般人看了这件雕品会为它的美丽惊叹，内行的雕工看了会被它的雕艺迷住。

南阳的玉雕艺人并没有满足于过去的辉煌，他们还在不断地创新雕技和创造新作品。丁亥年初春，我走进了南阳玉雕博物馆，看到了用南阳美玉雕成的一套乐器，内中有玉编钟、玉编磬、玉笛、玉二胡等十三种仿古玉石民族乐器。其中那套编钟就有三十五个，共三层。第一层有八个，音质浑厚悠长，音域宽广高亢，内里的和钟，高一百一十厘米，重一百五十公斤。第二层的甬钟有十八个，音质明亮清脆，处于音质中的核心地位。第三层由九个钮钟组成，最小的钮钟高仅六厘米，重二点四公斤。这层钮钟音质悦耳，听上去如小鸟啼鸣泉水叮咚。这套编钟能发出四个半八度，撞击每个钟的正、侧面均能发出两个音，音响效果是其他材料制成的钟所无法比拟的。玉声乐团的演员们当场给我们这些参观者演奏了一曲《玉魂》，那玉质乐器发出的美妙乐音令我们如听天籁，如痴如醉。

采日月之精华、集天地之灵气而生的南阳美玉，代表着纯洁、坚贞、富贵、平安和吉祥，已成为中华文明的载体之一。过去，它陪伴着我们的先祖涉过历史的长河；今后，它还会伴随着我们走向美好的未来。

面条的前世今生

面条是我们河南人的主要食品。一般人家每天都至少要吃一顿面条。我小的时候，村子里衡量人富不富裕有一个标准，是看他一天能吃几顿面条，凡一天能吃上两顿面条的，都可被称为富人。我母亲就常羡慕地指着别人家的院门对我说：你看看人家多富，一天都能吃两顿面条！

河南人对面条的迷恋达到了别人很难理解的程度。像我，如果连续几天吃不上面条，就会急得抓耳挠腮。我在西安上军校时，军校食堂很少做面条，我就在吃过午饭或晚饭后，再悄悄出校门到外边的小饭馆里掏钱吃一碗面条。有一年去俄罗斯访问，连续几天吃不到面条，把我弄得好难受，于是就邀一个河南籍的朋友一起，在一个晚饭后四处去找吃面条的地方。跑了圣彼得堡好几条街道，才找到一个华侨开的面馆，一问价钱，合人民币 45 元一碗。再贵也要吃，我一下子吃了两碗，这才舒服地回到了所住的宾馆。在我们那里流传着这样一则笑话，说是有一个婴儿，在妈妈肚子里看见妈妈天天吃面条，知道了面条好吃，妈妈生他时遇到了难产，妈妈被折磨得哭喊连天，可就是生不下来，奶奶急了，在一旁抱怨儿媳说：面条都做好了，还不再使点劲？！这话让婴儿听到了，以为是叫他吃面条哩，肩膀一缩，哧溜一下就钻出了妈妈的肚子……

其实在中国，爱吃面条的可不止河南人，我知道陕西人、山西人、甘肃人、青海人等黄河流域及其以北地域的人，也都喜欢吃面条。南方人多把面条作为一种辅食，其实南方的米粉、米线和河粉，也是面条的种类。差不多可以说，在中国，很少有完全没吃过面条的人。也是因此，各地都有自己的面条品牌。像河南的烩面，陕西的油泼面，山西的刀削面，兰州的拉面，上海的阳春面，杭州的葱油拌面，镇江的锅盖面，济南的打卤面，北京的炸酱面，四川的担担面，武汉的热干面，香港的虾子面，台湾的担仔面，新疆的拉条子，等等。据不完全统计，现在中国习惯吃面条的人约有 8 亿，从 20 世纪 80 年代开始，工业化的方便面快速发展，到 2004 年，方便面生产已达 480 亿份，产值 290 亿元人民币。如今，中国的面条已有 500 多个种类。

吃面条的也不止咱们中国人。意大利人吃意大利面和通心粉，目前，全球意大利面条的年产量已达 1000 万吨。日本人吃日本拉面，朝鲜人吃朝鲜冷面。顺便说明一下，意大利人和今天欧洲人吃的面条，是由威尼斯商人马可·波罗从中国带过去的；日本拉面是由“遣唐使”从中国带过去的。

人为什么会吃面条？这得从人类发现、发明食物的历史说起。我们知道，人类发现火之前，主要是生吃食物；发现了火之后，最初只知道把采摘的植物的果实和猎获的动物的肉煮熟、烤熟了吃。植物的果实是粒食，他们还不知道把植物的果实粉碎了吃；粉碎果实是在石磨出现之后，春秋末期，公输般创制了石磨，麦子、谷物的粉食才成为可能。有了面粉和米粉之后，怎么把其做得好吃又在考验着人们的智慧。这时，有的人只是把面粉、米粉炒炒吃，叫吃炒面；有的聪明人把面粉、米粉加水和成团，再捏成片放汤中煮，叫吃汤饼，实际上是吃面片；还有手巧的人把面团搓成长条放进汤里煮，这还叫吃汤饼，实际上就是吃面条。

吃汤饼也就是吃面条，是从东汉开始的，但一直到了宋代，面条才正式被称作面条。《东京梦华录》里记载，汴京的面条已有好多种了。古籍中第一次出现关于挂面的记载，是元朝忽思慧的《饮膳正要》。这样说来，面条的发明权应属于中国人。

但关于面条的起源国，前些年在世界上却争论不断。意大利人说是他们发明的，阿拉伯人说是他们发明的。我们中国人拿出关于面条的文字记载让他们看，意大利人拿出他们关于面条的壁画照片让我们看。还好，2002 年 10 月中旬，中国社会科学院研究员叶茂林带领工作人员在青海省民和县喇家新石器遗址，发现了一个倒扣着的碗，揭开碗，在碗形泥土的顶端，也就是原碗的底部位置上，躺着一团鲜黄色的线状物，外表形似我们今天吃的拉面。经鉴定，这是小米粉做的面条。喇家毁于一场地震，这碗来不及吃下的面条被密封在地下，直到 4000 年后才重见天日。这碗面条，为中国人赢得了面条发明者的殊荣。此后，英国《自然》杂志发表了题为《中国新石器晚期的小米面条》的论文，到此，关于面条发明权的争论才算得以终结。

面条这种食品不仅做起来简便，营养丰富，有一些种类还被演义成故事，赋予了人文含义。比如长寿面。传说汉武帝时，有一天议完朝政，君臣开始闲谈长寿之事，有人说脸长可以长寿，有人说人中长可以长寿，有人说耳垂长可以长寿，君臣们的议论传到民间，逐渐变了样，把脸换成了面，说成面长可以长寿，于是人们为图吉祥，为求长寿，就渐渐形成了在生日这天吃面的风俗，而且这天的面条要擀得切得越长越好，以面长寓意寿长。

又比如陕西岐山的臊子面。传说有一个父母双亡的穷书生，由哥嫂抚养。为了让小叔子读好书求功名，嫂子为他打的面条卤中有肉有菜，齿间流香，后来小叔子果然成了举人，嫂子做的这种面就被誉为“嫂子面”。其他人听说了“嫂子面”的做法，为了让自己的孩子取得功名，也仿制这种面，但孩子却屡屡落榜，又羞又愧，所以这面便又称“臊子面”。

再如三鲜伊面。传说伊尹的母亲常年卧病，伊尹特意用鸡蛋和面，揉擀切条之后，先蒸熟，后油煎，久放不腐，这样即使他不在家，母亲也能很方便地吃面。吃面时浇的汤是用鸡、猪骨头和海鲜炖制而成的。母亲在伊尹的悉心照料下身体康复，所以这种面又叫“孝子面”。这种面的做法和今天的方便面的做法很像。

面条这种吃食的演化历史给了我们三点启示：其一，一个民族的主要吃食都不是在短时间内偶然出现的，而是这个民族在长期的生存过程中逐渐创造出来的，有无数人参与其中。我们今天在享受每一种祖先传下来的美食时，要对前人充满感恩之心。其二，一种吃食所普及地域的广度，是和创造者的经济文化影响力相关的。我们中华民族创造的面条所以能传至意大利和日本、朝鲜，扩展至欧洲和阿拉伯世界，是因为我们民族的经济文化影响力曾经很大，我们中华民族曾为很多国家的人所仰视。美国的麦当劳快餐今天能在全世界开连锁店，也是这个原因。其三，一种吃食一种吃法一旦在某一地域形成习惯和传统，它会对该地域人的生理和心理产生很大影响，它会和人们对该地域的爱和对该地域人的爱交互在一起，成为乡情、民族情的重要成分，成为地域文化和民族文化的内容。面条很容易把河南人聚在一起，中餐很容易把中国人拢在一起。

愿大家都爱吃面条！

愿我们中国人今后能创造出更多的美食！

（此文是为央视《文化视点》栏目创作的讲演稿。）

说 秋 收

一

秋天，是自然界最慷慨的季节；秋粮，是田野回馈给农民最美好的礼物；秋收，是大地母亲向儿女们发放奖品的时刻。秋收开始时，人们对丰收满怀希冀；秋收结束后，人们对土地充满感激。秋收充实的，是我们的粮囤；秋收强化的，是我们劳动的信心；秋收巩固的，是我们共和国大厦的根基。

二

小时候挎个竹筐随母亲去田里掰玉米棒子，是最高兴的时候。看见一个又一个长长的玉米棒子被自己掰进筐里，装到地板车上拉回村，心里很有成就感。玉米熟了的时候，有些鸟会飞来寻食，在湛蓝的天上盘旋且发出响亮的叫声，好像在为我们的劳动伴奏。有时掰着掰着，会突然把原本藏在玉米地里的野兔子惊起。在野兔逃跑的时候，我会立刻扔下装玉米的筐子撒腿去追，尽管每一次都追不上，但在气喘吁吁中还是觉得欢喜无比。地里有个别发育晚的玉米秆，是青的且很甜，只要看见这种玉米秆，母亲总会把它掰断给我，让我当甘蔗吃，啃着玉米秆，会觉得心里好甜好快乐……

三

秋粮的丰收，从来都不是无条件的。种子、土地、气候的关系里充满奥秘，劳动工具与方法的改进永无止境，没有对农业科技知识的掌握，丰收就只能是一种希冀。农民和农业科技专家才是最亲密的兄弟。当我们品尝秋粮的芳香时，别忘了向农民鞠躬；当我们庆贺丰收时，别忘了向农业科技专家致敬。

四

年轻时家乡的红薯种植面积很大，秋收时我干得最多的活是用钉耙去刨红薯。一亩地红薯能刨出几千斤，一堆一堆的，太让人自豪了。红薯的丰收和农业科技人员的劳动也紧紧相连。我记得当时农业专家们培育出了一种新的红薯品种，叫 553 号。553 号红薯的心是红色的，不仅高产，而且脆甜，可以生吃。我当时特别爱去刨这种红薯，因为可以边刨边吃随时填饱肚子。有一年秋收刨 553 号红薯时，我生吃得太多了，结果把肚子撑得很疼，疼得我不断地呻吟，母亲见状哭笑不得，只好拉着我在地里不停地走，好让我赶紧把吃下去的553号红薯消化掉……

五

秋收，也是劳动强度最大的农活之一。埋在地下的果实，长在地上的庄稼，哪一样秋粮人不动手都不会自动归仓。拱腰、屈腿、伸颈，农人的每一个秋收动作都不轻松；大风、阴雨、浓雾，每一种恶劣天气农民都得承受。在急喘中抹去成串的汗珠，是秋收时农民的常见动作。大自然就是要以此教会人类懂得对粮食的珍惜。

六

当年在家乡参加秋收时，我最不愿干的活是摘绿豆。要说这个活也不是很重，双手不停地把绿豆秧上已经变黑成熟了的豆角摘下来放进竹筐里就行。可干这个活的弯腰动作特别令人难受。当然，你也可以不弯腰，蹲在地上摘，但那样摘的速度就太慢，半天摘的绿豆就很少。绿豆一旦熟了，你晚摘半天，就会有不少豆角因成熟过度而裂开，使豆粒掉进土里。这就要求你最好是弯腰摘。弯一个小时腰还能勉强忍受，要是一连弯几个小时，那简直是太痛苦了。我记得摘半天绿豆下来，我的腰弯得都不会直起来了。干完活为了治这种腰疼，我常常在田里仰躺下来，把腰放在田埂上，把臀部和头放在田埂下，使下弯的腰再反弹回来……

又到清明节

始于周代的清明节在我们中原乡下，是每家每户都很看重且要认真去过的一个节日。

从出生到现在，我已经过了六十来个清明节了。六岁之前过的那些清明节，基本上没留下印象，大概从七岁开始，对过这个节日的情景才开始有记忆了。

我记得少年时每当清明节快到时，母亲都要告诉我，清明前后，天会暖和，雨会增多，是种东西的好时节。这个时候点瓜种豆，苗会出得好；这个时候栽树种花，成活率高。对这个节气，咱种庄稼的人可一定不能忘记。我记得每逢清明节快到时，母亲会把南瓜种子拿出来，装在一个葫芦瓢里，让我端了跟着她，她则拎个镢头，在房前屋后的空地上挖土窝，她挖出一个土窝，叫我从葫芦瓢里捏出两粒南瓜种子放进去，然后又拎来水逐窝浇，浇完，再封点干土。没过几天，那些土窝里就拱出了翠绿翠绿的瓜苗苗。

清明节这天早饭后，母亲会把预先准备的供香馍和火纸装进一个篮子里，然后拉上我，跟着扛了铁锹的父亲一起，向我们家的祖坟走去。母亲告诉我，清明节这天，是祭祖和扫墓的日子，我们要给死去的祖辈坟头培上新土，不然，他们的坟头就会慢慢矮下去；要在他们的坟前摆上供香馍后烧火纸，告诉他们咱来看他们了，没有忘记他们，给他们送来了吃的和在阴间使用的纸钱。一家人到了祖坟上，父亲照例是挖土往爷爷、奶奶、老爷爷、老奶奶的坟上培，在坟顶上盖一个碗状的土块；母亲则把供香馍在每个坟前摆上一些，然后就是烧火纸。当火纸燃着了之后，母亲就拉我和她一起在每个坟前磕一个头。我对做这个动作不太愿意，每当我抗拒时，母亲总要瞪我一眼说：傻东西，磕头是对他们表达敬意，没有他们，咋会有你？

清明节这天，母亲还总是到水塘边的柳树上折些柳枝，回来用绳子捆了挂在房檐下。她说，这一天的柳叶特别嫩特别润，晾干之后可以当茶叶用，人喝了柳叶茶后，可以败火治嗓子疼。到了夏天天热时，母亲就从那捆柳枝上扯些干柳叶下来，放在盛了开水的水盆里，水盆里的开水立刻变得绿莹莹的，这就是柳叶茶。柳叶茶放凉了喝，喝到嘴里稍有些苦，可喝下去会觉得肚里和身上都很凉爽。

在我的印象里，清明节这天下雨的时候多，而且多是细雨，天地间被这细雨弄得雾蒙蒙的。下雨天不能随意到屋外玩，我就以为老天爷是在与我作对，有时就指着天抱怨：你真讨厌！母亲听了总是急忙拦住我说：小孩子家，怎么敢指责老天爷？清明节这天所以爱下雨，是因为老天爷知道人们祭祖时会伤心，就用这种天气来陪伴大家，这是天人一心的意思。长大后，读到杜牧的诗句“清明时节雨纷纷，路上行人欲断魂。借问酒家何处有？牧童遥指杏花村”才明白，多少年以来，清明节这天都爱下雨，老天爷并不是独与我作对。

清明节这天也有不下雨的时候。不下雨时我就特别高兴，可以和伙伴们在青草地上玩踢鞋楼的游戏，可以和伙伴们摔跤和打闹，可以荡秋千，再不就是去放风筝或看别人放风筝——看见风筝像鸟一样地在蓝天上飞动，我们会高兴得哇哇大叫。少时的清明节于我，其实是一个玩乐的节日。

长大了，变老了，尤其是身边的亲人去世之后，再过清明节，那份感觉又不一样了。少时去祖坟上扫墓，因与坟中的先辈并未见过面，祭奠他们好像只是在尽一份血缘相连的责任；如今去陵园扫墓，与园里的亲人曾朝夕相处，那份疼痛感是那样的强烈和难忍，流泪是难免的。不过，近些年每当清明节去陵园扫墓时，望着亲人的墓碑，我都要求自己尽量平静下来，努力去想象亲人们在天国的生活图景。在我的想象里，天国有个最美的区域叫享域，供所有净化之后的灵魂栖息，他们在那儿，会享受到天国之神赐给他们的最美好的生活……

身为一个军人，每年的清明节到来时，我也常常思念那些在战争年代与和平时期为国捐躯的前辈军人和战友们。我曾去过南部边境位于山坡上的烈士陵园，看过东部海岛上的烈士墓地，在西部格尔木位于戈壁滩上的烈士墓前看被风雨剥蚀的墓碑。那些为了我们民族和国家献出生命的烈士，应该被我们后人记住。在清明节到来时，我们不要忘了在他们的墓前献上一束鲜花，向他们表达我们的爱意和敬意。

过了这么多的清明节后，我开始明白，先人们在长期生活过程中逐渐设立起这个节日，用心可能有三个：其一，促使我们不断回望自己生命的源头，从而增加家族和民族的向心力和凝聚力；其二，提醒我们按时春耕春种，从而在物质上保证家族和民族的繁衍生息；其三，督促我们去享受春光，体会人生的美好和短促，从而更加懂得珍惜生命。

我不知道我还能在世上过几个清明节，不过我会把每一个清明节都过好，我会把每一个清明节看作接近天国的一个驿站，直到有一天能抵达美丽的天国……

我的老乡范蠡

史书上说范蠡是楚宛三户人，楚国的宛地就是今天的南阳，故此，我这个南阳人称他为老乡，是没有错的。只是把这样的名人引为自己的老乡，有点儿高攀的嫌疑。

对于这个声名很大的老乡，我在很长时间里并没有给予足够的敬意，不给他足够敬意的原因，在于西施。他在诸暨苎萝村溪边寻到浣纱的美人西施后，一开始并没有告诉西施他寻找她的真正用意，结果纯真的西施一下子爱上了他，他竟也接受了她的爱意，据说两个人还有了爱情的结晶，可最后，他还是把她作为一件有丰厚政治回报的礼物送给了吴王夫差。不管这中间的理由有多少，反正他这种做法令我难以接受。

敬意虽不足，但对于这个老乡，我还是非常佩服的。

我佩服他当年断然离家到越国去施展抱负和才华的那份勇气。在他生活的那个年代，信息非常闭塞，交通极不方便，可一旦他发现自己的抱负和才华无法在楚国施展时，竟能断然下定决心离家出走，去寻找宜于自己发展的地方，这，没有勇气是很难做到的。楚国的第一个国都就在离宛城不远的丹阳，宛地在那时应该是富庶和易于谋生的，如果他想娶妻生子，种上几亩地过平常日子，应该是不难做到的。但范蠡不想平庸地活过一生，他想把胸中治国领军的宏大抱负付诸实践，干一番惊天动地的事业，于是就下定了决心告别父母离家外出，去面对一个很难把握的未来。他在白河岸边登上南去的小舟时，可能还有日后衣锦还乡的念想，可能还站在船头向他的父母边鞠躬边说：儿子过几年就会回来看望你们！但难料的世事最终切断了他的希望，他终老前再也没能回过故乡。南阳这个地方的地域文化，是从不鼓励年轻人外出远行的，男孩们很小就接受父母的教导：金坑银坑，不要舍了老家这个穷坑。可范蠡却毅然坐上一叶小舟，经白河而至汉水，再入长江，顺流而下去了远方。

我更佩服他在权力的巅峰时毅然与权力告别的那份智慧。范蠡在先入吴后入越确定留在越国之后，开始全心辅佐处于穷途末路的越王勾践振兴国家，20 年的时间，果然使越国由弱变强并最终灭了吴国。其间，范蠡随同战败的勾践去吴国当过奴仆，可以说是尽心尽力，忠贞不贰。他辛苦付出的回报终于来了，在吴王夫差战败自杀之后，在越王勾践重回王位一呼百应之后，范蠡被尊为上将军，当上了全军统帅。军队统帅在一个国家当然是最高等级的官员，他可以说是手握重权，登上了权力的巅峰。这个时候，依常人想来，他应该开始享受自己的奋斗成果，享用权力带来的各种好处。金钱美色，高房大屋，好马铜车，山珍海味，绫罗绸缎，美酒佳肴，都应该是伸手即来、点头便到的。这个时候的他应该是志得意满，笑意盈面。然而，他却突然辞职挂冠而去，乘一叶扁舟离开了越国国都，去齐地干起了养鱼、晒盐和经商的活儿。这，不仅在当时的越国朝野引起了震动，即使在两千多年后的今天，也仍然使我感到意外。我们知道，权力对人有着巨大的诱惑力，一般人要抗拒它是极其艰难的，多少人至死都不愿放弃权力，多少人宁愿冒着杀头的危险也要去夺取权力，多少人用了一生的积蓄想去买来权力，可范蠡却毅然决然地主动放弃了权力。这个举动，没有大智慧大定力是绝难做出的。翻开中国历史，你会看到多少官员都死到临头了还决不放弃手中的权力，他们中也有人像范蠡一样看出了危险，可他们宁去垂死挣扎，也决不主动放弃权力。相比之下，你能不对范蠡生出佩服之意?

我还佩服他有一套精明的经商本领。照说他的前半生研读实践的都是治国平天下之道，他熟悉和擅长的都是政治和军事领域的事情，一旦改行经商，能养家糊口就不错了，毕竟隔行如隔山呀。可没想到，他竟然一入商行就研商道究商理，提出了很多长久经商的人都没能提出的经商理论，为中国古典商业理论的建立做出了贡献。比如，他提出商业经营的主要目标是“人取我予”，即商人要提供人们生活和生产需要的东西；比如，他提出商品调节的原则是“待乏贸易”，即让货等人，不要人等货，旱则资舟，水则资车；又如，他提出要把握好商机，“买卖随时，挨延则机宜失”；再如，他提出薄利多销，“逐什一之利”，主张只得百分之十的利润即可。他为了买卖公平，发明了先进的十六两秤；为了货物流通速度加快，发明了运货马车。一个高官转入商道之后，能够如此如鱼得水，能够迅速提出自己的商业理论，能够迅速发明经商工具，能够迅速赚得大钱成为巨富，确实令人称奇！这说明范蠡的头脑极其精明且随时都在高速运转，以备应付任何局面。作为他的老乡，我不能不心生佩服之意。

南阳这块土地，因当年处在楚文化、秦文化和郑、蔡、陈中原文化的交汇处，其对人精神上的滋养要更全面一些。范蠡一生能有那么宽阔的眼界、过人的智力和那么多辉煌、奇特的作为，与他在这块土地上出生、长大，接受这种交融性文化的熏陶不无关系。一个人的人生成就固然取决于他本人的奋斗与努力，但其脚下土地给予他的潜移默化的滋养和哺育也是极其重要的。当我们在赞美范蠡的本领和历史贡献时，不要忘了赞美南阳这块拥有丰富文化积淀的美丽土地。

揣度孔明

作为智者化身的诸葛亮在我的故乡南阳生活过一段不短的时间，但关于他这段生活的史料却很少留存下来。因此，说起他的这段生活来便只有依靠猜测和揣度。和他相隔 1700 多年的我辈愚生去对他进行揣度，要想准确是不可能的。好在孔明大人一向宽厚仁善，对我的冒犯和非礼之处，想必他会宽恕。

先生你一开始并没想到要来南阳，你只是觉得居住在荆州和襄阳离政治旋涡太近——你非常清楚，一个羽毛未丰的人很容易被政治旋涡卷得无影无踪。所以你决定移步北行，去找一个隐居读书等待羽毛丰满的地方。当你在马上远远地看到南阳城头时，你舒了一口气，你觉得住在南阳还比较合适：这里已经离开了旋涡但又离它不远，离旋涡太远的人也很难有所施展。

到达南阳后，你为居处的选择很费了一番心思。那个时代的人都讲风水，你最后选中卧龙岗作为住处肯定也有风水上的考虑。这条南濒白河、北障紫山的土岗吸引你停下脚步，是因为它状若卧龙，这多少喻示了你当时的境况。你内心一直自认是一条“龙”——你数次对挚友说自己可以和管仲、乐毅相比——眼下这条龙还只是卧着未飞而已。住在这样一条状如卧龙的岗上，很合你当时的心境。此外，你自然知道当年著名的五羖大夫百里奚也曾在这条土岗的北头给人放过羊，百里奚正是由这条土岗为起点走向秦国大夫的高位的。你内心里断定这是一块可以成就人的祥瑞之地，所以你毅然离鞍下马，站在了这条岗脊上。

你请人帮忙在岗上搭了一间简陋的茅庐之后，就开始开荒种地。种地既不是你的特长也不是你的愿望，更不是你的人生目标，你只是把它作为磨砺自己意志的一种办法，当作自己读书生活的一种调剂。种地是辛苦的，尤其是在这样一个荒草丛生狐狸出没的地方。每当你在炎阳之下拎锄走向田畴时，你的眉头总免不了要皱上一下。你深切地感受到了农人生活的艰辛，也正是因为有了这些切身感触，后来有了率兵大权之后你才对你的士兵们严格管束，规定行军时不准践踏农人的田地。在这段艰苦的躬耕岁月里，最让你高兴的是每年的收获季节。当你在小小的麦场上开始把饱硕的麦粒灌进粮袋时，当你在小菜园里摘下大如水桶的冬瓜时，当你在谷地里割下长如棒槌的谷穗时，你的眼角眉梢充满了笑意。

农闲季节，你总是在朝阳还未起身的时候就登上居所东南隅的土台子读书。你把那座土台命名为“澹宁读书台”。那时的书还是分量很重的竹简，你常常弯了腰抱着一抱竹简向澹宁台上登，偶然一滑还会跌伤你的膝盖。小书童要来帮忙，你总是挥手让他回去忙点别的，你喜欢一个人不受任何干扰地坐在这儿读书。坐在澹宁台上可以俯视白河，你每读完一卷书简总喜欢看着缓慢流淌的白水静思一阵。这种静思通常指向三个方向：书简上的话是否真有道理？怎样把书简上的东西用于治理社会的实际？自己读后对人生的规律、对社会的治理法则有无新的感悟？你就在这种静思中获得了真正的知识，为此后《诸葛亮集》的写作做了最初的准备。你那时特别想找到一卷《孙子兵法》来读，你知道在这种诸侯纷争都想称雄的时代，不懂兵法的人很难有大的造就。可那时要在南阳城找到一部人人都知是宝的《孙子兵法》谈何容易？你差不多走遍了南阳城中的所有书铺、刻坊而终无一得。直到你结识了黄员外成了他的女婿之后，你这个愿望才得以实现。

卧龙岗虽然离南阳城区有七里之遥，但飘荡的晚风依然能把城内达官贵人们饮酒作乐猜拳行令笑语喧哗之声送入你的耳朵。人都有对繁华生活的向往，那随风而至的柔美歌声和弦乐，自然也把你的心撩拨得悠然而颤，使你时时起一种去结交权贵过世俗繁华生活的冲动。但你咬牙把这种冲动抑制下去，你给自己定下了淡泊与宁静的律条。你知道，人一生应该有一段时间处于一种宁静的环境和心境之中，只有这样才能为实现人生的最终目标做好知识和意志上的准备。人只有通过“宁静”才能到达热闹之境，放弃眼下的小热闹是为了将来的大热闹。十几个世纪过去之后，当时南阳城中在华宴之上在歌舞场里作乐寻欢的达官贵人富商巨贾一个个灰飞烟灭，唯有你还依然端坐在卧龙岗上让人争相去睹你的丰采。历史证明只有你想得最远。

你懂得宁静不等于封闭，如果只过种田、读书，读书、种田的刻板生活，不与外界尤其是知识界的精英们交往并发生思想碰撞，自己同样可能变成井底之蛙。因此，你利用一切机会广交知识界的朋友，和颍川石广元、徐庶，汝南孟公威等都有很深的友谊。你常把他们邀入你的草庐，让童儿端来两碟青菜温上一壶黄酒，和他们边饮边聊，谈古论今。你谦虚地倾听着朋友们的高论，充实着自己的识见之库。你明白不向别人学习的人并不是真正的智者，你用青菜、黄酒和友谊，换来了通向成功的新基石。

你在南阳躬耕的那些日子正是你生命力最旺盛的黄金时段，算起来也才二十多岁。一个二十多岁风华正茂的男人不想女人是不可能的。一些妙龄女子的倩影肯定吸引过你的视线。你在澹宁台读书时看到在白河岸边踏青的城中少女，你在田里荷锄劳作时见到地头走过的乡间姑娘，你的心里肯定起过莫名的骚动和波澜。男人渴望得到美女属人之常情，一些你见过的美女肯定也进入过你的梦境。你一定渴望和她们中的一个更亲密地接近，甚至向往着和她一块儿步入洞房。但理智又告诉你，过于漂亮的女人往往会给丈夫惹来麻烦，会使丈夫不能专心致志地去做他爱做的事情；而且漂亮的女人因为有容貌上的仗恃往往不再用心学习知识，常常是才学平平。也因此，你开始用意志去掐灭自己心中对那些美女的思念，转而去寻找一个容貌一般却有才有识的女子做妻子。你最后把目光投到了居住在白河岸畔的黄员外家，看上了黄员外的长女。黄小姐虽然又黑又瘦，脸上还有一些麻点，但却饱读诗书尤其喜读兵书，说起演兵布阵治国方略尽管羞怯却是一套一套的。黄小姐的才具吸引了你，使得你三天两头往黄员外家跑，她在你的眼中变得魅力无穷。你郑重地向黄家求婚得到应允之后，高兴得在返回的路上打了一个跟头——这是你唯一一次有失庄重的举动。你和黄小姐的婚事在当时被传为美谈，通常婚姻缔结的原则是“郎才女貌”，你们的婚姻可说是“男智女才”。举行婚礼那天，花轿抬着新娘绕着卧龙岗转了三圈，才在你躬耕的茅庐前停下。你的岳父家产万贯，给女儿的陪嫁却只有一个大板箱。你对岳父的吝啬多少有些生气，待进了洞房你揭了黄小姐的红盖头，黄小姐把板箱的钥匙递给你以后你才知道，板箱里装的全是你急需的书简：天文、地理、阴阳八卦、《孙子兵法》……应有尽有。你当时高兴得随口吟道：“躬耕卧龙岗，白水朝我来。不求颜如玉，单为书箱开。”黄小姐听罢也羞怯怯地和了四句：“志士爹爹爱，嫁女陪书来。钥匙交给你，造就管仲才。”你在那个欢乐的新婚之夜，是一手抱着《孙子兵法》，一手挽着新娘走向那个漆成红色的婚床的。新婚的第二天，新娘就画了一张八卦图请你来破，你竟费了月余工夫才把那八卦阵破了。

数年的精读细研和对世事的静观透析，使你对如何安定四邦治理天下有了独到的见解，对率兵布阵攻防谋略也都了然于心。这时你迫切希望走下卧龙岗去施展自己的抱负，让社会知道自己的才华。但社会认识一个人并不容易，世事的发展很难遂人愿，下岗的机会迟迟未来。焦躁中的你常在岗坡上来回疾走，像一匹圈在厩中的马或一只关在笼中的鸟。上天总算有眼，让刘备来到了与宛城只有半天路程的新野县。刘备那时正急于招募人才，司马徽和徐庶在刘备面前举荐了你后，刘备便伙同关羽、张飞二人匆匆来到了卧龙岗。就在你的草庐里，你用“你的识见”让刘备笑容满面对你刮目相看并恳请你下岗出仕。你认为过于轻易的应允是一种自我贬低，就故意两次拒绝邀请，直到他们第三次来请时你才颔首应许。

你离开卧龙岗是在一个阳光灿烂的早晨。那天你早早起床，吃了夫人为你做的一碗黄酒荷包蛋外加一个包有绿豆、红枣、红薯的豆包馍，而后沿着你这些年开垦的田地走了一圈，这才回屋脱下布衣，换穿上了刘备派人送来的官服。簇新的官服把你打扮得威武、干练而气度不凡。刘备派来迎接的人马早已在草庐前站成了两列，你在侍卫们的帮助下极潇洒地上了马车。当马车启动时，你探头窗外一边挥手一边看了一眼你亲手建起来的小小草庐，你模糊地预感到此一去差不多就是和这草庐、和卧龙岗、和南阳城永别。再见了草庐，再见了卧龙岗，再见了南阳城！马车的速度越来越快，南阳城被越来越远地抛在了后边。你隔着马车上的布篷缝隙最后回望了一眼南阳城，便决然地扭转了头。你开始全心全意地去看前方，你看见了军师中郎将、军师将军、左将军府事、丞相、武公侯、益州牧等一长列官职在前边铺成了一条金光灿灿的路。

当然，那时你还不知道那条路的终点是汉中的定军山，你还不知道你的生命将在离南阳不太远的陕西画上句号……

想起范仲淹

在宋朝写词作文的人中，我常想起的，是范仲淹。

我所以常想起他，最初是因为他那些写离愁别绪的词句特别能打动我的心："浊酒一杯家万里，燕然未勒归无计。""明月楼高休独倚，酒入愁肠，化作相思泪。""愁肠已断无由醉。酒未到，先成泪。"客居异乡的我每每读到这些词句总能引起心的共振。后来知道他曾在西部边陲守边四年，率兵御西夏，更对他产生了佩服之心——自己身为军人，当然知道戍边的那份辛苦和不易。再后来读史书知道他在朝中做官时敢于上书直谏，力主改革施行于民有利的新政，更对他生了钦敬之心。再后来晓得了他的家事，知道他两岁丧父，母亲带着他改嫁，幼年生活十分贫苦，长大后发奋读书，昼夜苦学，终于凭自己的本领考中了进士，对他便越加敬服了。

令我常常想起他的另一个原因，是他在我的故乡邓州曾做过一任知州。他的任期虽短，可给邓州我们这些后人留下了不少值得记住的东西。

我的故乡邓州在做过一回邓国的都城、风光了一些年之后，长时期陷入了默默无闻的境地。直到 1046 年，范仲淹被贬降到邓州做知州时，邓州的名字才又渐渐响亮起来。

1046 年的范仲淹已是五十七八岁的老人了。而且就在前一年，他在宋仁宗支持下施行的“庆历新政”改革失败，他被罢参知政事职务，逐出京都。若是一般人，此时肯定是牢骚满腹，得过且过，喝喝闷酒，骂骂娘，抑或是像今天的一些做官的，找一个小姐，沉在温柔乡里作罢，再不会去努力做什么了。但范仲淹不，他上任伊始，就四处察访民间疾苦，了解百姓之忧。之后，他就开始做两件事：一件是重农事，督促属下为百姓种粮提供方便，让人们把地种好，有粮食吃；一件是兴学育才，在城东南隅办花洲书院，为邓州长远的繁荣培育人才。

就是他办的这后一件事让邓州的名字在大宋国里又响亮起来。据传，他亲自踏勘书院地址，亲自审视书院的设计。据传，他从远处为书院请来讲学的老师，还抽暇亲自为书院学生讲学。据传，他在书院倡导有讲有问有辩。花洲书院的名字随着范仲淹的名字开始向四处传扬，一时令远近州县的学子们激动起来，有人步行来书院观览盛景，有人骑马来求留院学习。据说，连北边有名的嵩山书院也派人来问传授学问之法了。

也就在 1046 年这一年，范仲淹的好友滕子京在湖南岳州主持修缮城池，当岳州城面向洞庭湖的西城门楼——岳阳楼修复工程告竣时，滕子京写信给范仲淹，并附洞庭晚秋图一幅，派人到邓州请范仲淹为重修后的岳阳楼作记。现在已不知道信使抵达邓州时的具体情景了，我猜想，那可能是一个黄昏，就在新修后的花洲书院里，范仲淹接过了信使呈上的老友来信，他边在夕阳里读信边想起了与滕子京在宋真宗大中祥符八年（1015）同时考中进士的那种欢欣之状，想起二人曾共同参与修复泰州海堰工程的情景，想起两人当年在润州共论天下事的豪情，想起二人一同在西北前线领兵抗击西夏的往事，想起两人一同遭陷被贬的现状……一时百感交集，遂转身进屋，展纸提笔就写，于是，千百年来一直脍炙人口的散文杰作《岳阳楼记》便诞生了。

不过是一个时辰的挥笔书写，却给多少代人带来了阅读快感和深思。就在这篇不长的散文里，范仲淹记事、写景、言情、说理，把他“不以物喜，不以己悲。居庙堂之高则忧其民，处江湖之远则忧其君”的宽阔胸怀展示了出来，并给我们留下了忧国忧民的千古警句：先天下之忧而忧，后天下之乐而乐。从此，人们只要一说到这个警句，就会想起范仲淹，也跟着会想起《岳阳楼记》和它的诞生地——中原邓州。邓州这个地方因一篇文章而长久地留在了人们的记忆里。

直到今天人们还不断重提“先天下之忧而忧，后天下之乐而乐”这个警句，是因为天下仍有忧有乐，人们尤其是知识分子和官场中人面对忧乐时，取先乐后忧或取只乐不忧的，还大有人在。不是还有人在用公款胡吃海喝？不是还有人贪了国家钱财后潜逃国外游山玩水？不是还有人拿了老百姓的钱去满足赌兴一掷千金？任何事情的出现都不会是无缘无故的，包括一个警句的时兴。

范仲淹用他的文章给天下人当然包括邓州人送去了美的享受和千古警示，人们包括邓州人自然不会忘记他。前不久，邓州人千方百计筹款，重修了他当年修建的花洲书院，使书院再现了当年的盛景。如今，当你在书院的讲堂里、小院中、游廊内或荷池旁踱步时，你会不由得想起那个以天下为己任的被贬知州，会不由得猜测他在哪所房子里写下了《岳阳楼记》，会不由得去猜他来邓州上任时的那份复杂心绪。

范仲淹是在写完《岳阳楼记》的六年后去世的。我估计，在他挥笔书写《岳阳楼记》时，疾病可能已经缠上了他的身子，只是他浑然不觉，仍在为天下忧虑，为百姓和朝政忧思。1052 年他在徐州与这个世界作别的那一刻，他应该是心神两宁的，因为不论是作为一个官人还是作为一个男人抑或是作为一个文人，他都做了他所能做的，都做得很好，他对他的时代问心无愧。也是因此，他值得我们后人尊敬。我身为一个军人一个男人一个文人，每想到他就会觉得，他值得我效仿的地方真是很多。每想到他，我也会问自己：范仲淹在近千年前做到的，你都能做到吗？

我还会经常想起你，老前辈！

告别老乔

大年三十那天，我接到乔典运的电话，他的声音虽然低，但很清晰，我们交谈了一阵，放下电话后我想，他虽然身体虚弱，可心胸开阔，他一定会继续坚持下去的。未料到，他生命终结的日子竟那样快地来到了。那天上午，我正在写作，王桂芳来了电话，我一听她的声音就知道不好，果然，她告知的是老乔已走的消息。尽管我心中已对这一天做了准备，可悲伤还是压上了心头，老乔的音容笑貌也倏然现在眼前，我的眼泪流了下来：老乔，你是真的离开我们了？再也不和我们一起谈笑、品茶、喝黄酒了？再也不来北京玩了？再也不含笑对我们说“咱是山里的一个草民了”？

我很想回去参加老乔的葬礼，无奈因种种缘由不能如愿，我只得到邮局拍了一封唁电。至今，我仍为自己没能亲去给老乔送葬而深深抱愧。我想，我以后回到南阳，一定要到老乔的坟上看看，去道一声歉。

老乔在六十来岁的年龄上去世，是太早了。我知道，他还有许多创作计划想去完成，可惜，由于早年极度艰难的生活对他身体的损耗，由于“文化大革命”中所受的精神上的刺激，由于创作上的积劳成疾，他的身体已经失去了支撑他活下去的能力。1997 年春天是一个上帝收作家的季节，不少作家在这个春天离开了文坛，其中农村出身的作家占了相当大的比例，老乔和这些文友一块儿从文坛上撤走，对文坛是一个沉重的打击。

不知道老乔是不是有预感，反正早在他得病之前，他就多次同我谈到了死亡。他对死亡的看法是达观的。他认为，人只要做完了自己能做的事，早死早安生，死得问心无愧就行。老乔是实践了他的死亡观的，他给社会留下了二百多万字的作品，给朋友们留下了浓浓的友情，给家庭留下了深深的爱意，他死得问心无愧。

老乔这一生从一个普通农民奋斗到一个著名作家，应该说是活得很辉煌的，但对人生参透了的他并没有因此而忘乎所以，他仍然谨慎做人，恭谨待人。他知道，人在世上所获得的一切，最终是会被上帝全部收走的。他是一个活得最明白的人。他用他的行动给我们留下了一个教诲：别被名利障眼，别活得太累。

老乔去世前的那几天我没有同他再交谈，不知道他还有没有遗憾的事情。我猜，如果有，那就是关于他作品的结集问题。他出过几个集子，但作品收得不全且不系统，以他在中国农村题材小说创作中的地位，他是应该出一套全集的。不知这个愿望将来会不会实现。

老乔的早逝，给我们南阳的作家敲了一个警钟：大家都应注意保护身体。南阳的作家大都是在农村出生，由于先天和后天的营养都不足，身体底子打得并不厚实，若不注意，一味拼命写作，病是会找上门的。

老乔如今站在另一个世界里，大约和过去一样，面带微笑地望着我们，用他惯常的声音说：好好活吧，朋友们！

老乔，朋友们非常想念你！

送周熠兄远行

8 月 22 日傍晚 5 点半，我收到了周熠兄由南阳一家医院发来的短信，短信只有几个字：留恋！保重！周熠。我此前已知道他病情转重，吃饭很难，故当时没有多想，以为他是被病折磨得难受，就回了一个短信宽慰：多保重多吃饭。没想到几个小时后，他就决然走了。我这才明白，他发那个短信，是在向我诉说他对这个世界的留恋，是在向我做最后的告别。

我后悔我的迟钝。

他就这样向着另一个不可知的世界启程远行了。如今，你已经走到了哪里？见到了什么样的风景？

和周熠兄相识，已近三十个年头了。

我们虽然都姓周，却并不属一宗，也不居一地。我结婚后因妻居南阳城，才和在南阳日报社供职的他认识。因为我们都是寒门出身，对世事的看法颇多相似，加上又都爱着文学，有着共同的兴趣，所以交往就多了起来，就成了很好的朋友。

他这人性格温和，对人不苛求，所以朋友很多。我在他那并不宽敞的家里，碰到过文坛、官场、商圈、新闻界和宗教领域的不少人物，大家或清茶一杯，或黄酒一碗，纵谈世事，倾吐块垒，褒贬人物，互传信息，十分快活。

他这人做事仗义，乐于助人，找他帮忙的人很多。坐在他的办公室里，会看到他老家的村民、四面八方想发稿子的新闻写手，还有搞创作的业余作者及企望在报纸上鸣不平的市井百姓进出，那些人多是带着一点忐忑进屋，再露着笑容离去。

他这人兴趣广泛，喜欢做的事情很多，且在很多方面都做出了令人赞叹的成绩。他喜欢吟诗，出过几本诗集；喜欢写散文，是河南散文界的名人；喜欢写小说，出过影响很大的小说集；喜欢书法，能写出很不错的草书作品；喜欢拍照，能拍出漂亮的人物和风景照片；喜欢文物鉴赏，对汉罐、古玉和一些名人字画的艺术特点能说得头头是道。

他这人舐犊情深，对三个子女都怀着深切的爱，是一个标准的好父亲。他的收入不高，家境一般，可硬是把长女和儿子培养成了研究生，把次女培养成了本科生。在孩子们的工作安排和婚事上，我听他说过很多，也看过他怎样四处求人，知道他为他们操碎了心。

我们做朋友这么多年，每当我遇到难处，他都是立马伸手相助。20 世纪 80 年代后期，我的家庭遭遇大灾难，他倾力相帮，从精神上和生活上给我和我的家人以很大支持。我记得很清，有一段时间南阳的煤气供应紧张，我家当时换煤气罐很难，他就找了南阳油田的一位朋友，想法子定期给我家送来煤气罐。我调京工作后，回邓州老家看父母的机会少了，他有时去邓州公干，总要特意去看看我的二老，还要留下钱。2004年我回南阳，到丹江水库沿岸体验生活，他当时已经患病，可仍执意陪我去了三个县，跑了很多地方。

大约从新世纪初，他的身体开始出现问题。这可能与他长期喜欢熬夜写作透支健康加上未戒烟酒有关。最先是心脏供血不足，使得他动不动就心慌气短，连写作也很难坚持下去。没有办法，他只好来京做心脏搭桥手术。那次是我在阜外医院为他找的医生，那位医生的手术水平很高，很顺利地为他的心脏搭了桥，解除了他的痛苦。为他又可以重新坐在写字台前写他爱写的东西，我和他当时都很高兴。未想到没过几年，他身体的其他脏器又出了毛病，他开始频繁出入医院，抵抗力也一点一点降低。今年春天，我去他家看他，他已经非常消瘦虚弱，失音的现象也没有好转，我们的谈话不时被他的叹息打断。我的心情很沉重。我那天劝他多听听音乐，让自己的心情好起来；劝他多吃水果，把体质由酸性改为碱性；劝他找一个好中医，多吃点儿中药。他点头说好。临分别时他突然问我：人生为什么这样苦？我被他这一问弄得差点儿掉下泪来。我的人生何尝不苦？人活在世上为何如此艰难？

造物主既然给了一个人几十年的生命，为何不让他快快活活地走完这段途程，而非要让他尝遍酸甜苦辣才行？

周熠兄决定沿另一条路远行，有他的道理。当造物主分配人生痛苦过于不公，将太多的苦痛加于一人而他实难承受时，他当然可以另择路出行。

其实，人生之路究竟走多长为好，谁说得清？

周熠兄，好好走吧，那条路上已有许多文坛前辈和朋友先行，争取赶上他们，和他们结伴同走。愿你在那条路上看到新的风景。

粮篓与粮仓

我的故乡邓州在南阳城的西南方，和湖北的襄阳接壤。那个地方没有名山大川，不出金银和稀有矿产，有的只是土地——起伏很小的一望无际的农田。史书上记载，这里盛产小麦、玉米、绿豆、芝麻、红薯。照说它也该产粮食，那么平坦肥沃的土地，不长庄稼不产粮食不是偷懒?

可自打我记事直到1970年我十八岁从军离开，这里的庄稼一直长得不好，粮食产量很低，分到老百姓家里的粮食很少。那个时候，乡下农家盛粮的用具，就是用麦草扎的篓子，高度和直径就在二尺左右。劳力多挣工分多分粮稍多的人家，用几个篓子盛粮，人口少的人家，一个篓子就够了。这一点盛在小篓子的粮食，怎么可能够整天在地里劳作的农民吃一年?那时，吃饱饭一直是乡下农民盼望的大事。我记得，最好的年景，一个成人一年也就能分百十斤麦子，通常是五六十斤，再就是一点玉米和一些红薯。那些年月，全家人只有大年初一才能吃上一次白馍，而且是每人一个；十天半月才敢吃一顿糊汤面条——汤碗里的面条屈指可数。如今我还记得，那时逢了娘要蒸馍，不知道家里细粮少的我，总要闹着让娘给蒸白馍，娘有时被我闹得没法，只好在一笼黑馍——红薯面馍里单另给我捏一个白馍。我看见后转而不再哭闹，望眼欲穿地站在锅灶前等，一直待娘把白馍递到我手上我才飞奔出门，手里拿着白馍，心里的那份高兴和快活简直无法言说。白馍拿到手里常常舍不得大口吃下去，先是闻着那特有的香味，然后才一小口一小口地吃，吃下去反而更饿——它唤起了我更大的食欲。那时，红薯是农人们的主要吃食，早晨红薯稀饭，中午蒸红薯，晚上清水里煮红薯片再少放一点儿盐。生产队里又不准种菜，说种菜是搞资本主义，一天三顿吃红薯，直吃得腻味透顶。村里人常常看着不大的粮篓感叹，啥时候能天天吃白面馍喝白面面条就心满意足了。当时以为这只是一种渺茫的希望，没想到一进 80 年代，这希望竟真实现了。

那是 80 年代初的一个春天，已经当上军官的我回乡探亲，因为知道家里白面稀缺，特意把平时节省的粮票都带在身上，预备回家去粮店买点白面给全家人改善生活。上火车前，我又干脆买了十斤白面装在提包里。进了家门，家里人一看我从提包里拎出了一包白面，就都笑了，说：如今这东西不缺了。娘拉我进里屋，指着一溜十来个粮篓说：看见了吧，那里边盛的全是麦子。我吃惊了，叫：这么多？爹接口道：如今田地分到各家各户，都尽心尽力地种着，亩产比过去高出许多，除了交公粮，剩下的全归自己，所以不缺吃的了。我当时手摸着篓里的麦子，长舒了一口气：我的亲人们终于可以吃饱肚子了！

在部队上工作的我，因为家里人不再缺吃的而心情变得宽舒多了。日子就在这种宽舒的心境里飞快地流逝着。去年冬天，我又一次回到了家乡，这次回家的一个重要发现是，村里几乎家家都拿出一间房子做粮仓，过去那种用草篓盛粮放在睡屋里的情景已很少见了。这种家用粮仓，地板都是用水泥抹的，能防老鼠；有通风口，可防粮食霉烂；门窗上有保护装置，能够防盗；远离柴草，可以防火。走进粮仓，可见仓房的中间多是一个大囤，或是用高粱秆席圈成的茓子，用来盛放小麦；靠四周墙根，摆着一溜躺柜或麻袋，用来盛放玉米、绿豆、谷子等杂粮和薯干。走进这种家用粮仓，你会在闻到粮食香味的同时，立刻感受到农家日子的那种殷实，会让你在心里生出一种吃食无忧的放心的感觉。

由于粮仓里有了粮食，农人们的饭食也讲究了许多。如今，白馍和白面面条已是家常便饭，饺子也不再是奢侈的饭食，只要想吃，立刻就可以做。一些年轻人白面吃多了，反倒又想吃红薯了，红薯竟又成了稀罕物。一向俭省从不挑剔饭食的我的父母来我这儿小住时，也提出不想吃白面面条，只想吃点大米。父母向我感叹道：如今在咱们邓州乡下，吃饭的事儿是再不用忧心了。

看来，故乡的那片土地，是真的担负起了养育栖息在她身边的儿女的责任。

但愿我的故乡人能因而更爱故土并细心地对她进行侍奉，我相信，那片土地也会更加慷慨大度，使我的父老乡亲们变得越加富裕！

丹水北去

最早知道丹江，是在上小学三年级的时候。记得是一位老师向我们提问：哪位同学知道离我们学校最近的一条江的名字？全班同学无人举手回答，最后是老师说出了答案：丹江。这条江距离我们这儿也就五十公里。

我由此把丹江记在了心里。

丹江再次进入我的记忆是 1969 年。这一年，还在上高中的我从报纸上知道，丹江的水要调到北京去，丹水北调的渠首枢纽工程已在我们县的九重乡陶岔村开工建设。这件事当时引起我注意不是因为它的重要性，而是因为村里人相传，凡参加修建陶岔渠首的民工，一天三顿都可以吃饱，而且有的中午能吃一顿白面面条。这引起了我的极大兴趣，因为那个年代，吃不饱和吃不到白面一直是折磨我们乡间年轻人的大问题。听说全南阳要征集 10 多万民工去修渠首，仅我们邓县就要征得一两万人，眼见得村里不少人去当了民工，我也动了心。但拿到高中毕业证的愿望最终战胜了去当民工的心愿，我失去了与丹江见面的机会。

与丹江相隔的五十公里，对于当时的我，是一段遥远的距离。因为那时乡间还很难看到汽车，所有的路途全靠双脚来走。也因此，直到我当兵离开家乡，我也没能去一睹丹江的姿容。

真正站到她的身边，是在 20 世纪 90 年代初。因为要拍摄根据我的小说改编的电影《香魂女》，导演谢飞让我陪他选外景地，我们去了丹江岸边的荆紫关明清一条街，在那里，我才得以一睹丹江的芳颜。

她太清瘦了。

不宽的江面，不深的水流。这是江吗？我有些失望。

陪同我们的淅川县的朋友看出了我的失望，笑道：你来的时节正逢她节食瘦身，要是到了夏季，你就会看出她其实是多么的厉害。看见镇街临江的那些吊脚楼了吗？有的夏天她曾经想越窗去强吻楼窗内的男人。

我吃了一惊，却也将信将疑。

新世纪初的一个夏天，我再次回到了故乡。这次回故乡的目的，就是想去丹江和丹江口水库沿岸采风，为写一部新的作品做准备。我在朋友的陪同下去了马蹬——丹江岸边的一个镇子。在马蹬渡口，我看到了丹江发野时的真面目：江面一下子宽出许多，水浑黄且夹着枯枝败叶，水流湍急，浪头翻滚，漩涡一个套着一个，江水奔涌时发出一种瘆人的啸声。如果把我上次在荆紫关看到的丹江比作一位少女的话，此时的丹江则像极了一个披头散发、龇牙咧嘴的泼妇，随时都可能扑到你身上抓得你遍体是伤。我们坐着渡船过江，船在江面上剧烈地颠簸起伏着。船老大告诉我们，只要秦岭的山上一下暴雨，这条发源于秦岭的江就会变成一匹狂奔乱跳的野马。历朝历代，因为这条江的洪水破岸决口，沿岸人吃了太多的苦头……

领略了丹江的狂野之后，我们去了下游拦江水而成的丹江口水库。坐船到了这座号称亚洲第一大水库里，风景为之一变，经过沉淀的库水清澈湛蓝，无边的水面微波荡漾，水鸟在空中翻飞鸣叫，偶尔可见有鱼跃出水面，在阳光下炫耀着优美的体形。在江水与库水的接合处，能看见一条鲜明的分界线，一边浑黄，一边清澈，原本奔涌而来的江水，在扑入巨大水库的怀抱之后，像孩子扑到母亲的胸前那样，一下子变得温顺起来。

陪同的朋友告诉我，水库的大坝坝顶海拔高度原来是 162 米，不久就要加高到 176.6 米，正常蓄水面积由 745 平方千米扩大到 1050 平方千米，正常蓄水位由海拔 157 米升高到 170 米，相应库容由 174.5 亿立方米增加到 290.5 亿立方米。到那时，由这里调往京、津、冀及沿线城市的水，一期可达 95 亿立方米，二期可增至 130 亿立方米。我当时望着浩渺的水面在心里高兴，我就要在北京喝到家乡水了……

之后，我开始沿水库北岸行走，想去看看住在水库岸边人们的生活。一连走了几个村子，我的心开始沉重起来，原来看水所引起的那种兴奋慢慢消失。当时是酷暑天气，天像要下火一样，但有的村子里的人却一律住在由树枝、石棉瓦、塑料布搭成的简陋棚子里，有的人家即使砌了砖墙，也是有门无窗。这样的住处，室内和室外一样热。我问坐在树荫下乘凉的人们，为何不好好修修房子过日子。他们说：俺们原来住的地方已经被水库里的水淹掉了，俺们现在是临时住在这儿，以后水位提高了，俺们住的这个地方还要被水淹掉，俺们在等待向更远的地方迁移，所以无法也无心建设住处。在另外的村子里，房子虽然是砖瓦建的，但年久失修，早已显出了破败之相。乡亲们告诉我，他们已经有二十几年不修缮房子了，更不要说搞别的建设，为了把一库清水送到北京，他们随时准备迁走。我望着这些等待迁移的乡亲，知道他们为了这座水库的建设，为了南水北调，已经吃了太多的苦，付出了太多的汗水。陪同的朋友告诉我，因为南阳是水库的主要淹没区，将来大坝加高后，淹没会涉及淅川县 11 个乡镇、184 个行政村、1276 个村民小组，淹没土地总面积达 144 平方千米，还会淹没大量的基础设施，各项淹没损失多达 90 亿元，需要迁出和安置的农村移民近 20 万人……

我记得我当时吸了一口冷气。

我的故乡我的乡亲，为了南水北调，奉献了太多的东西！

最近的一次丹江之行，是在南水北调工程即将通水的时候。

这一次，我先去看了水库沿岸的治污设施，因为身在北京，我知道北京人最害怕调来的水不清洁。在汇水区淅川县、西峡县和内乡县，都建成了城区污水处理厂，建成了生活垃圾无害化处理场，重点污染源也都配套建成了污染防治设施。全南阳市关、停、并、转水源区污染企业近 500 家，黄姜加工、钒矿冶炼、造纸、酿造、化工等重污染排水企业都已经消失。为了解决水源区日益突出的总氮超标、总磷浓度上升问题，南阳市引进推行了依托高效生物制剂、综合治理农村面源污染的新技术，把农村生活垃圾、畜禽粪便处置为高效有机肥，替代化肥使用；用生物保护剂替代农药，种植绿色农产品。由于实行了先治污后通水、先环保后用水的政策，目前，在渠首断面 29 项水质监测指标中，几乎全部指标都优于国家二类水质标准。

我最后站在了渠首闸上，这道闸门，是通往北京的丹水的水龙头。站在这道闸上南眺，是总长度达 10 余千米的引丹总干渠。这条深 49 米、底部宽 150 米、上部宽 500 米的干渠，当年是南阳 10 余万民工在施工条件极其简单、环境十分艰苦的情况下，花 5 年零 8 个月的时间修成的。挖出的土方、石块 6000 余万立方米，这些土、石若砌成宽、高各 1 米的小坝，可沿赤道绕地球 1 周半。为了挖这条引水渠，有 2880 名群众在工地上受伤致残，有 141 人牺牲。我的故乡邓州，死伤的民工就有很多。几十年过去了，死者坟上的草青了又黄，黄了又青，终于，他们的英灵等来了这项工程的启用时刻。

站在渠首闸上北望，就是一眼望不到头的蜿蜒千里的自流水道。很快，北京、天津、河北和豫北，就可以通过这条水道，迎来清澈的丹江水了。

对一项工程的评价和对一个朝代的评价一样，需要时间。给一项大工程下评语，历来都是由后代人去做的。但不管日后怎样评价这项工程，我都想请后人们记住：曾经有一代人，梦想用自己的力量，来改变上天给我们国家设定的南方多水北方缺水的局面；曾经有一代人，勒紧自己的裤腰带，用吃红薯和黑馍积蓄的能量，奋力挖土凿石，梦想给后代创造出更好的生存条件！

假若有一天后人们发现了这项工程有缺失之处，也请你们仔细体会前人的心意，不要一笔就抹杀参与此工程的所有人的劳绩。

在结束本文之前，我还特别想对就要用上丹江水的北京的朋友们说一句话：请珍惜和节约水！清澈的丹江水里其实是融有汗水和泪水的，如果不节约，你会对不起很多人的！在保证正常生活的情况下，请尽量少用水。水，真的来之不易呀！几十年的时间，几千亿元的耗费，十几万人的辛苦劳作，几十万人的搬迁，容易吗？我听有的专家说，如果按照德国人和以色列人对水的珍视和节约办法，仅北京一城，一年就可节约 10 亿方水。

学会节约吧，我的兄弟姐妹叔叔阿姨爷爷奶奶，水，才是我们人类最宝贵的东西，如果你的手上只有黄金、钞票、珠宝而没有水，你能活过几天呢？

不要把浴盆的水放得太满！

不要把洗车的水龙头开得太大！

不要把洗菜的水随便倒掉！

不要把喝剩下的半杯水倒在水泥地上！

…………

一剂药

六婶只养了一个儿子，起名叫巅峰。六叔嫌这名字别扭，想换一个，可六婶不许。六婶说：咱们的儿子这辈子一定要登上人世的巅峰，不能像咱俩这样活得窝窝囊囊，一辈子在家里种田。六叔有些不高兴：种田就窝囊了？再说，啥叫人世的巅峰？

六婶初中毕业，心劲儿很高，凡事都有自己的主意。六婶说：人世的巅峰就是当上大官，只要咱儿子当上了大官，你说咱有多荣耀，谁还敢看不起咱们？在咱们中国，做啥也没有当官好！六叔叹口气：你呀，光想些虚的、空的。

六婶知道，要想让儿子日后当上大官，必须让他上学，让他考上大学。所以从上小学起，她就亲自过问儿子的学习，检查他的作业，额外给他布置课外习题，辅导儿子去做一些难题。每逢儿子想要去玩时，她就给他讲“人须吃得苦中苦”的道理，给他讲做官的好处和要做官必先读书的例子。儿子上到初中时，六婶的知识不够辅导儿子学习了，她就在儿子做作业时搬个凳子坐在他身边纳鞋底，监督着儿子。身为一个农村妇女，六婶这样做很不容易，村里的人都说，有六婶这教子方法，巅峰今后肯定会有一番造就，说不定真能当上大官。六婶也骄傲地说：我的儿子天生是一块当官的料，你们只管等着看吧！有好开玩笑的年轻人就同六婶开玩笑说：万一巅峰以后当不了官怎么办？六婶生气了，说：他要当不了官我就去死！

巅峰从小就爱画些小猫小狗，上中学以后，学画的兴趣越加浓厚，一有时间就拿上画笔去画。六婶见后很是生气，教训儿子说：你听说有几个画画的人当上了大官？赶紧给我认真读书。巅峰嘴里应着，实际上并没丢了练画，到高考时就偷偷报考了省里的画院。待六婶知道儿子考了画院的消息时，画院的入学通知已经来了。六婶气得大声哭骂：好一个不争气的小子，你是存心要违我的心意呀！……

巅峰画院毕业后留校任教，业余时间全心投入创作。六婶去画院看他，见他浑身沾着颜料在纸上涂抹，叹口气说：干这个能比当官好？巅峰笑笑说：人各有志，我喜欢这个。我的画已参加过很多展览，我争取早日画出令你感到自豪的作品。六婶不想听这个，郁郁地回了村里。巅峰这一行与当官自然无缘，几年过去，仍是个教师和画家，什么官也没当上。相反，村里与他同龄的几个小伙儿，当初在中学的学习并没有他好，现在都相继当上了官。有一个当了乡长，有一个当了县里的副县长，上学时遇到难题常找巅峰抄答案的平顶还当了地区里的处长，还有一个当了省里团委的部长，最差的一个，也当了村支书。六婶每听到别家儿子当官的消息，就要生自己儿子一次气。有一年秋天，村里新建的小学举行剪彩仪式，发通知让在外工作的本村人都回来参加，人家当了官的几个人，都坐了公家的轿车，呜呜地开回来，村里人都客气地迎上去招呼。独有巅峰是从镇上的公共汽车站一步一步走回来的，而且走到村口也没人去迎。六婶心里那个气哟，她看见儿子挎着个包走到门口，也没有站起来说话，只大声对六叔喊：他爹，你给我准备一瓶农药，我是无脸活了！……

更令六婶生气的是，剪彩仪式开始时，村上安排所有当官的都上前拿了一把剪子剪彩，那当处长的平顶还站在正中的位置上，独留巅峰坐在小学师生们中间。六婶觉得儿子受到了冷待就等于自己受到了冷待，一气之下转身离开了仪式举办现场，要往家里走。也是合该出事，也来看热闹的平顶的妈这时拦住六婶说：他婶子呀，你看看你们巅峰，怎么连一个小官也没混上哪？你当初怎么没给他说说哟！六婶被这句话刺得身子一个摇晃，顿觉所有的尊严都被扯走了，从此以后再也无脸在村里做人了。她踉踉跄跄地向家里走，到家就去平日丈夫放农药的地方，那儿果然还有一瓶农药，她拿起就喝，边喝边朝卧房里走。她想，死就死到床上，别让人搬来搬去的。

躺到床上，想到马上就要告别这个世界了，她忽然有些后悔：

这样去死是不是值得？自己死了，丈夫以后谁来照顾？儿子会怎样伤心？儿子并没有做错什么，他只是没有当上官而已，不让他参与剪彩是那些人的错，我凭啥要把气撒到儿子身上？儿子的婚事还没说成，我怎能现在就走？而且她忽然想起，家里的两张存折和一些现金都是她保管的，她还没有告诉丈夫它们的藏处，自己死后他们找不到可怎么过日子？不，不能死！想到这儿，她急忙呼救：来人哪——

六叔听见喊声，从院子外边跑进来，还没有开口问，一见床边扔着个农药瓶子，立时明白了是怎么回事，吓得急忙上前抱起妻子就向镇上的诊所里跑。

让人意外的是，大夫给六婶检查以后说：一切正常。问六婶自己的感觉，她也说没有什么难受的感觉。六叔正在诧异，巅峰来了。巅峰走到六婶身边，轻轻叹口气低声说：妈，幸亏我做了准备，要不然，真要出大事了。六婶从儿子的话里听出了点儿什么，抓住儿子的手问：你做了啥准备？巅峰说：因为我进村没人像迎当官的那样迎接我，你就气得喊着要喝农药，我知道今天的仪式得按官场的规矩办，害怕你受不了接下来的刺激，所以预先做了准备，把家里的那瓶真农药藏了起来，另画了一张农药的商标贴在一个装葡萄糖水的空瓶子上，我在瓶子里灌的是我平日爱喝的咖啡。说着就从口袋里掏出了六婶扔到床前的那个瓶子。

好个小子！六叔笑了，你画的那农药商标跟真的一样，连我也吓蒙了！

六婶怔在那里，拿过儿子手上的瓶子默默地看着。巅峰这时又说：妈，你要是因为我没当官而喝药自尽，你说我这辈子还怎么活下去？我虽然不当官，可照样能挣来钱养活你和我爹。说着从挎包里掏出一幅画的照片：你们看，我这幅画最近获了国家大奖，法国一个收藏家答应出五万美元买它。

六婶这时舒了一口气，一边下床向外走一边说：没想到我的儿子还这样细心地记挂着我，罢，从今往后我不寻死了，回去继续过咱们不当官的日子。

巅峰第二天早上要走，六叔推出家里的自行车去送儿子。这当儿，有两辆警车开进了村子，其中一辆警车的司机下车问六婶哪家是平顶家，六婶指完路后又来了气，对巅峰说：你看看人家，要走时还有警车来接，哪像你。巅峰笑笑，坐上爹的自行车后座走了。

也就一袋烟的工夫，忽听平顶家传出他妈的一声哭喊，跟着就见平顶被两个警察推到了警车上，手上还戴了手铐。六婶大惊，忙问邻居是怎么回事，邻居悄声告诉六婶：平顶贪污了。

六婶看着警车开走后，回屋找出了儿子做的那个“农药瓶”，她看见瓶底还有些咖啡水，就打开瓶盖，仰头喝了一点，在嘴里慢慢品味……

地依旧，人已新

——写在SARS瘟病扑来时

做梦也没有想到，新世纪刚开始不久，我们正准备买新房搬新家、开新车做旅游计划、向好日子奔的时候，会突然有一场瘟疫向我们扑来，有一种名叫SARS（严重急性呼吸综合征）的烈性传染病想要一下子中止我们的生活，想不由分说就夺走我们宝贵的生命。

在最初的呆愣之后开始慌张，在慌张过后恍然想起，这种事小时候曾听老人们说过，过去我们河南地面就有过“传人”——瘟疫流行的时候，一个村子常能死一半的人口，有的村子还会死绝了人。可惜小时候只把这些当故事听，以为那是天方夜谭，与己不会有关，从来没去想这种事还会变成现实。

但这可怕的东西是真的来了！它已经把我们身边一些熟悉的人捉到了床上开始折磨，并真的将其中一些身强力壮没有任何过失更没有犯罪的同事的生命强行拿走了。我仿佛听到了它得意而冰冷的笑声：人啊，你们以为你们了不起了？以为你们很聪明，真的就是这个世界的主人了？

我心里的确有些紧张。我以为接下来就会出现老人们当年向我描述过的那些凄惨场面。老人们曾说，过去一有瘟疫发生，头一个出现的景象就是大规模地逃亡避疫。人们不顾一切地逃命，由这个村子向那个村子逃，由这个县向那个县逃，由这个城市向那个城市逃。人们扶老携幼，提着干粮拎着包袱，慌不择路，都想逃往一个安全的没有瘟疫的地方。其结果是把恐怖气氛制造得更甚，把疫病散播得更广，使死的人更多。说实话，我已做好了避疫逃亡的心理准备，甚至已想好了去哪里避，可静观一些日子，才见这种大规模的逃亡避疫现象并没有发生。国家采取了许多措施要求人们就地避疫，在城市实行单位和社区自卫，在农村实行村村自卫。其中有一项措施特别重要，就是不准用工单位遣散工人，要外地打工的人留在原地。仅我们河南在外省市打工的农民就有五百万之众，且多在疫区，倘是这部分人回乡避疫，必会带来很大的传播疫病的风险，可在国家的安排下，返乡避疫潮没有出现。据说，北京有些民工原已买好了返乡的车票，后来因担心带了病毒回乡成为罪人，又主动去退了车票。人们大都知道此时逃亡避疫只会加剧疫病的传染，所以对那些想逃亡避疫的人会耐心地进行规劝。对少数由疫区回去的打工者，其亲人也能按要求主动让他们到隔离的地方先行隔离观察。据一位朋友在电话里告诉我，有一个在外打工的男人为了避疫在夜里跑回老家后，他的妻子因为是中学毕业，已从电视上弄懂了必须切断传染途径的道理，隔了门说：他爹，为了孩子和我还有邻居们的性命，原谅我不能给你开门。你快去乡上设的隔离处接受隔离观察，证实你没染病了，我去接你回来。那做丈夫的初时很生气：到了家门口竟然不能进门？继而想想，妻子的话确有道理，遂主动去了隔离观察处。

老人们还曾说过，过去"传人"的时候，人们为了尽快摆脱疫病的纠缠，常会用很残忍的手段来处置已染病的人。有的是把病人绑在床上，连同病人住的房子一起烧掉，将病人活活烧死；有的是趁病人不注意，用石头将其活活砸死；有的干脆把病人四肢绑住，扔进预先挖好的墓坑，将其活埋。那时，没染病的人完全把不幸染病的人看作仇人和敌人。可这次 SARS 瘟病出现之后，人们对于染病的人却是满腔热情地想尽办法去抢救。许多医务人员冒着被感染的危险，夜以继日地工作在抢救一线，最后因为疲劳自己也感染了。仅北京市，因抢救病人而感染 SARS 病的医护人员就有几百人。这些被称为"白衣天使"的人们，从未把染病的人看作异类，他们以无畏的勇气和瘟神搏斗，把一个又一个的感染者从死亡线上拉了回来。我身边的一所传染病医院里，有一位年过七旬的老医生，他原本是不必亲自到 SARS 病房去诊治患者的，但觉得自己多年从事传染病的诊治和研究，积累了些经验，此时应该去，就再三要求去了病房。对病人连续长时间的抢救耗尽了他的体力，过度的疲劳使他也不幸感染上了SARS病。还好，同行们又拼力把他救了过来。可他待自己的身体刚一恢复，就又要求去了抢救一线，他说：有了这次亲身体验，我对SARS病的认识又进了一层，我去对付它，胜的把握又大了一点。广东有一位传染病研究专家，专门让一些医院把最危重的病人送到他那里进行抢救，使许多已准备告别这个世界的病人又回到了亲人身边。

历史上瘟疫流行时常会出现的另一个情景，就是人们把战胜疫病的希望全寄托在神灵身上。老人们也曾说过，过去有了疫病流传，人们首先想到的就是赶紧到寺庙道观去祈求神灵的保佑。每一个寺庙道观里都会出现大批的祈祷人群，就是村子附近的土地小庙前，也会跪满了人。人们把自己家里最好的东西拿出来敬献在神像前，祈求换回平安。个别地方还会去寻找得罪神灵致使神灵降下疫病的人，一旦他们认为找准了对象，他们会毫不犹豫地处死那人以让神灵高兴。一些神汉巫婆还会作法，把一些古怪的东西当神药拿来让人们吃，结果总会使更多的人染上疫病。但这次当SARS病袭来时，不论是住在城市还是住在乡村的人，都知道先打听预防的法子，探问在住屋里用哪一种消毒水最好，知道去买一个口罩致使口罩在乡村都涨到很高的价，都知道打听哪一种中药方子哪一种西药对防病有效。人们都把希望的目光转向了医学和医学家，转向了科学。在我那偏僻的故乡，据朋友们打来电话说，为防止疫病而去敬神的人当然也有，可更多的人是清扫自家的屋子，是洒消毒水；一些无钱的人家自己弄些柳枝、茅根、苇子根熬茶让家人喝了清火，有钱的人家就去买一些据说能增强免疫力的中药和西药来吃。

人们变了，当SARS瘟病扑来时，人们没有再像当年鼠疫、霍乱、天花等瘟疫袭来时那样，大规模地慌不择路地逃亡躲避，残忍地对待染上疫病的人，将希望全部寄托在神灵身上，从而给瘟疫增添疯狂，而是变得冷静、仁厚和理智了。这可能会使SARS瘟病也感到惊奇：还是那块土地，我的前辈们能做到的事，为何我做不到了？它大概看不出，土地虽然依旧，可生活在这块土地上的人，已经在进化路上又走出了一段不短的距离，他们对大自然、社会和人自身的认识，又增多了不少。与先辈人相比，他们已是一代新人了！

在这一代新人面前，SARS瘟病肆虐的时间不可能太长，它会和它的前辈们——鼠疫、霍乱、天花等瘟疫一样，被人们制服，导致SARS瘟病的冠状病毒，最终会被装进人间实验室的瓶子里，作为一种标本被保存。这也是没有办法的事，导致SARS瘟病的冠状病毒最聪明的生存办法，是应该学会和人类和平相处。

回首过去，人类已经被瘟疫折磨过许多次，在很多岁月里，都是瘟疫占着上风，但人类从来都没有被瘟疫吓倒，更没有被完全打垮，他们中总有人坚强地从同伴的尸体旁爬起来，勇敢地持续地向前冲击，直到把瘟疫打退下去。当下的战局证明，面对SARS瘟病的汹汹进攻,冲上去抵抗的人不仅更多,而且更加顽强。

尽管目前战场上的态势还令人心焦，但标明胜利的号声终会响起!

中原的口号

在我的故乡——古老的中原上空，曾飘飞过许多口号。

跟刘秀走，吃住全有！——这口号出自久远的汉代先民之口。

打过潼关去，灭掉李隆基！——这口号来自遥远的大唐王朝，出自安禄山集聚在洛阳的反叛军队。

归顺金兀术，猪狗不如！——这是宋朝的中原人喊出的。

密植深翻，小麦亩产三万三！——这是20世纪50年代末期“大跃进”运动时响彻中原田间的口号。

时代变了，口号也在变。

如果你今天有机会走进中原，如果你有兴趣了解河南人，如果你没有因为那些流传全国的丑化河南人的虚构故事而带着偏见，如果你愿意站在中原大地上侧耳细听，你会隐约听到又有三个新的口号在空中飘飞：

到外边去！

做有产者！

学会快乐！

声音出自一些年轻的喉咙。他们的声音也许会让你的心为之一动。

如今，在河南的许多乡村和小镇，年轻人见面，打招呼时常说的一句话是：出不出去？抑或是：啥时出去？一些年轻人常会禁不住问自己：出不出去？

出去，到外边的世界去闯荡，正变成一股风在许多年轻人的心里鼓胀。这里的到外边去，既包括去外村、外镇、外县，也包括去外州、外府、外省、外国。

到外边去的途径有哪些？

首选是考学。考上大专去府城，考上本科去省城，考上研究生去京、津、沪、渝，考过托福去外国。到那里去展开自己的人生，去寻找幸福的生活。

小辉第三次走进考场时，照例是七月的一个上午。他向座位上坐下那阵，还能感觉到两个沾有泥巴的腿肚在打战，他知道这是因为紧张。如果今年再考不上，家里就没有再供他复读的力量了，那通过考学走出乡村到外边去谋生的愿望就很难实现，数年的努力便会毁于一旦。他吁一口气，尽量让自己平静下来。还好，考卷发到手后，他的心竟定了下来，几年的苦读使这些试题都已经看不出难度。考试全部结束时，他的心里已有些把握，但他不敢让自己高兴，直到郑州大学的录取通知书送到了他的手中，他才敢让自己仰天长叫一声：嗷！他在郑州大学的东门外告诉我：我不会再离开郑州了，我一定要学出点儿真本领，我会在郑州这个城市里站住脚的，我一定要干出点儿让人刮目相看的事来！

见到小尹是在北京一家农贸市场的菜摊上。我从他的菜摊上买了几根黄瓜，讲价的时候，我们彼此都听出了对方是河南人。他告诉我，他带着新婚不久的妻子来北京打工，一时没有找到工作，只好先来这儿卖菜，边卖边打听招工的消息。他对未来充满了希望，他说：我们先租一间小房子住，然后打工赚钱，总有一天，我会在北京买到一套属于自己的房子，会变成正式的北京人！他还告诉我，他已经和妻子说好，三十岁之前不要孩子，他们要先创业后养子。小尹走的是第二条路：卷上铺盖外出打工。这也是到外边去的最简便的法子。

还有一条到外边去的路就是当兵！在庐山顶上一棵造型奇美的松树下，一个年轻的河南籍士兵告诉我，他出来当兵，能当上军官自然好，提升不成，他复员后也不会再回河南老家，他要在九江找点儿事做，最终在这儿安下家。九江给人提供的机会总要比自己的村子多，他坚信自己最终能在九江获得成功。他还笑着说：当年，中国革命是从江西起步走向胜利的，我也要从江西起步走向我人生的辉煌。

千百年来，有一条古训一直在中原乡间代代相传：金坑银坑，不如自家的穷坑。可今天，这古训的影响力已微乎其微，年轻人都开始相信幸福在别处、在外边、在城里，他们甘愿背井离乡去四处寻找。

到外边去，已经成了响彻年轻人心中的口号。

一个国家的人口流动量，也是衡量这个国家文明和开放程度的一项指标。

“做有产者！”这是又一群年轻人的口号，这口号主要飘响在中原一些城市的上空。

曾几何时，有资产、有资本被视为一种耻辱，有资产的人被视为另类。可如今，在郑州、洛阳、开封、新乡、南阳、信阳这些城市里走动，你会碰到许多正做着富有梦的年轻人，和他们聊天，你会发现他们现在最关心的是怎样挣一份家产，做一个真正的有产者，把日子过得殷实富足起来。年轻人聚在一起，互相间常问的问题是：开没开公司？炒没炒股？买没买房子？有没有汽车？最近又赚了没有？

小方是从卖羊肉烩面发起来的。他家住在临街的一栋楼房的一层，是套三室一厅的房子。他腾出其中的两间开了一个羊肉烩面馆，他擀面、切肉、炖肉，妹妹端饭、收钱、擦桌子。也就是两三年时间，他就攒下了一笔钱。接下来，他停了烩面馆，租房开了家美容美发店，这下子赚钱更快，两年下来，可就买了一套高级公寓。现在，他已是一家妇女儿童用品公司的老板了，上下班开着自己的奥迪轿车，头发梳得一丝不乱，西装穿得板正笔挺，是一个像模像样的有产者了。

小安是四处向朋友告借之后才走进股票市场的。他的运气还算不错，一开始便没有失手。他知道自己输不起，所以死记一条：不贪多。每次一有小赚他就抛。小赚积起来，也就慢慢地多了。钱多了，他也仍然谨慎小心，一次也不大意，照旧是一有小赚就出手，从不摆财大气粗的谱。股票市场上的人很少知道他也是富人，直到有一天，他忽然把一栋别墅买到了手，人们这才惊呼：看不出这小子也是有产者了！

小宫原是一家小学的音乐老师，钢琴弹得还算可以，当然，离钢琴家的称呼还有很远的距离。她原本很安心于这样的教师生活，准备不久就找一个人结婚过寻常的日子，可那股要当有产者的呼声渐渐使她的心也活了起来。她开始在课余时间办了一个钢琴辅导班，收了三个学生。她自己也没想到接下来会有那么多的人来报名，没想到愿让自己的孩子学钢琴的人家那样多，尽管她把收费标准提得挺高，她辅导班里学生的人数还是在不断增加。到后来，她灵机一动，干脆开了个钢琴学校，又雇了一些琴师来当教师。眼下，她也拥有了宽敞的公寓和轿车，成了地道的有产者。

一个国家的有产者越多，才会越加安定和祥和。

“学会快乐”这个口号，最初只在中原一些城市的年轻人中流传，后来渐渐向乡下漫开，也为许多农村的年轻人所认同。

小邱家在郑州，他最喜欢在一天的忙碌过后，吃过晚饭与女友一起去打几局保龄球。他在一家保龄球馆买有月票，晚饭后挽上女友去到球馆，边和女友说笑边打球，球技不断提高，和女友的感情也不断升温。他说，每晚打完球，出一身大汗，洗一个温水澡，和女友甜甜蜜蜜地亲吻告别之后上床睡觉，特别快乐舒服。

小董家住豫西南农村，除了种责任田还开了一个小小的杂货铺子，他对自己的夜生活也做了快乐的安排：平常看看电视连续剧，来了牌友和棋友就打打扑克下下象棋，有时几个爱哼豫剧的朋友凑到一起，就让会拉弦子会敲梆子的把家伙拿来，在弦乐和梆子声中高腔大嗓地唱几段豫剧,《薛仁贵征东》或是《寇准背靴》，直唱得众弟兄哈哈大笑，而后，带着满怀的快乐去睡觉。

今天，不论是城里还是乡下的年轻人大都已经懂得，人活着，能不能活得快乐，客观环境固然重要，但在很大程度上还是取决于自己。有的人家产百万仍活得郁郁寡欢，有的人手握重权依然少有笑颜，有的人名满全国还整日四处抱怨，这都说明能不能快乐地活着和个人的心态有关。学会乐观地快乐地活着，会提高自己的生活质量，会延长寿命，会使人的生命过程显得更有意义。也正是因此，许多年轻人都赞成这个口号：学会快乐！都注意去寻找快乐的助手，安排快乐的活动，培养积极的情绪。

但愿中原的年轻人都能活得快乐！

一个国家情绪快乐的人越多，这个国家才会越有前途！

南 阳 的 树

树，是地球的毛发。无论是按照《圣经》上的说法还是按照生命进化论者的说法，它在人类出现之前，就已经长在地球上了。美国耶鲁大学的林业研究人员托马斯·克劳瑟和同事利用陆基测量和卫星测量及计算机模型估算出，目前地球上总共有3.04万亿棵树。

树何时出现在中国南阳这块土地上，怕是没人能说清楚。现在唯一能说清楚的是，当6500万年前恐龙在南阳这片沼泽地上纵横驰骋时，树在南阳地面上已经很密了，因为当时那些身量特别高大的恐龙，是靠吃植物尤其是树的枝叶长大和存活的。

据史志载，南阳地区自白垩纪以来，基本上保持着温暖湿润的气候，到始新世晚期，才进入北亚热带范围。这里因为阳光充足，热量丰富，雨量充沛，故特别适宜树的生长。到清末时，这儿田地还很少，还到处都是密林，由一个县到另一个县去的道路，多隐在树林里。也因此，当时这里的土匪众多且很难清剿，他们多躲藏在密林里，官军很难找到。在我的童年时期，举目四望，到处都是密密的树林。我记得我们那个村子，屋舍都被掩映在树林里，村南村北，村东村西，都是树林；放学回家，看得见炊烟，听得见鸡鸣狗吠，却看不见屋子，屋顶都被村里的树遮住了。我们这些孩子当时就整天在树林里玩闹，捉迷藏，上树捣鸟窝掏鸟蛋，爬到果树上找果子吃，玩得不亦乐乎。村南不远处的树林里，还有狼、狗獾、野猪和狐狸等野兽，有时白天都能听到它们的叫声。

据地理学家和气候学家们的考察，南阳在第四纪冰川时期没有直接受到北方大陆冰川的影响，又加上地形复杂，就成了许多古老树种的避难所和新生孤立植物类群的发源地。在南阳地面上，你可以轻易地看到粗榧、连香树、大果青杆、金钱槭、香果树、水青树、领春木、青钱柳等稀有树木。在很长一段时间里，这儿都是稀有树种的大观园。

南阳的树密林大和树种繁杂，也使得这里的高龄老树特别多。到 20 世纪 50 年代初，在南阳的许多村头和镇尾，还都能看见一棵或几棵标志性的老树，或老榆，或老槐，或老楝，或老柳，或老柿。那老树不管是自生还是最早迁来的先人所种，村里、镇里的人都对其怀有感情，视之为神灵栖息的地方，决不允许随意砍伐毁坏，逢年过节是要在树下摆供物的。村里若有孩子病了，孩子的父母常会到老树下焚香叩头求告让孩子早日病愈。植物书上说，树木是地球上最长寿的有机体。因为它有分割脉管系统，这个系统可以让树的几部分死掉，而让其他部分照样茁壮成长；它们中有的还会合成防御化合物，抵御致命细菌和寄生虫。也因此，目前已知全球至少有 50 棵年逾千岁的古树。而在南阳宝天曼的原始森林里，几百岁的树是不会少的。20 世纪 80 年代我和一批文友闯进这片森林的边缘地带时，曾瞥过它们的雄姿。那些树虽不能与美国加州茵友国家森林公园那棵 4700 多岁的玛士撒拉树比老，不能与新西兰怀波瓦森林那棵 2000 来岁的贝壳杉比美，但认做它们的小弟小妹大约还是可以的。

树，一直庇荫着南阳人，一代又一代南阳人的生存，都依赖着树的帮助。最早，树帮助南阳的南召猿人吃到熟食，树枝、树叶是南召猿人们生火烤熟猎物的最好材料。之后是为荒年里陷入饥饿的南阳人提供各种可吃的花、果实和叶子，桃、杏、梨、樱桃、山楂、猕猴桃在这儿随处可见，槐花、榆钱直到今天仍是人们常吃的东西。然后是为人们提供起房盖屋的材料。在没有钢筋水泥的年代，南阳人盖屋时用的檩、椽子、门、窗，哪一种不是用树的躯干做的？还有就是让人们做家具。南阳人家家使用的床、桌、柜、凳，哪一样不是来自树的牺牲？

南阳人自古就认树为友，与树和睦相处。从孩子到成人到老人，都知道爱护树木。过去南阳所以树多，主要是自然界的馈赠，是自然生成的，但也有不少是人主动栽种的。那时候南阳的乡间，家家都种树，房前屋后、塘畔沟边，只要有空地处，人们都会在春天挖坑栽上树苗。那年代在乡间，若哪一家房前屋后的树不密不高，会被视为一种不勤之状或不祥之兆。所以那时种树，完全是一种自觉行为，根本用不着去催去促。倘哪一家门前有特别古老的大树，会被看作祥瑞之象和福兆。

南阳地域树与人的关系也遭遇过颠覆性的破坏。这主要是因为新中国成立后我们政府的三次政策性的错误。一次是号召大规模开荒垦荒。为了多打粮食解决吃的问题，没有经过论证就号召毁林垦荒，致使很多小型林地被毁掉。另一次是树木完全公有。公有之后就无人心疼树了，砍树盖屋、做家具甚至烧锅都变成寻常之举。再一次就是1958年的大炼钢铁，这一次的错误使南阳的树木遭到了毁灭性破坏。当时连小树都被拔掉填进炼钢炉子的炉膛，更别说那些大树、古树了。自此以后，南阳的平原地面上，大树、古树几乎绝迹，即使浅山区也未能幸免。直到今天，这次错误造成的损失都还未弥补过来。据托马斯·克劳瑟的估计，在人类文明出现之前，地球上大约生长着5.6万亿棵树，在迄今损失的2.56万亿棵树里，我们三次政策错误导致的树木损失，应该也是一个不小的数字。

随着社会整体文明水平的提高和科学的进步，南阳人进一步懂得了，树的功用不仅仅在于可遮阳盖房做家具，它还能呼云唤雨，解除大地的干旱；还能保护熟田，防止水土流失；还能提供负氧离子，让人的心神舒畅；还能过滤空气中的颗粒状污染物，可带走大气中的二氧化碳，保护人的呼吸系统和其他脏器；还能留住各种动物和植物，使人的食物链保持完整；还能提供保护视力的绿色，使人的眼睛不会疲劳；还能保持大地的美丽和魅力，使人与大地的关系更亲密……懂得了这些，南阳人对树就更加珍惜。这种珍惜表现之一是对树的爱心更浓了。对现有的树木，没有谁会也没有谁敢去随意砍伐，保护树木已成为男女老少的一种共识，若有人胆敢毁树，等待他的必是严厉的谴责和惩罚。表现之二就是多栽多种小树。每年的春季，家家户户村村镇镇都会忙着在房前屋后、山坡河畔等空地处种树，除了种庄稼的地方和人活动必须留空的地方，都要让树占满。如今，你若在春夏两季走进南阳，即使不去内乡宝天曼、西峡老界岭、桐柏太白顶三个自然保护区，也会看到山是绿的，河畔是绿的，路旁是绿的，村四周是绿的，城镇周边是绿的，田地地头是绿的。绿色，已成了南阳的一种底色。倘是起风时分，你会听到树的鸣唱，千万棵树的鸣唱和在一起，会变成海涛一般的声响，会让你听得心旷神怡、精神激昂。

来看看南阳的树之美吧！

让南阳的建筑物美起来

关于南阳美的问题，确实值得讨论。

美，是对人、事、物、地域等感受对象的一种评价，是指其人、其事、其物、其地域等感受对象的好，与善和真一起，成为人类主要的精神追求。

美，对于我们南阳人的重要性不言而喻。心理学大师马斯洛曾说过，从最严格的生物学意义上说，人类对于美的需要正像人类需要钙一样，美使得人类更为健康。

美，通常是人在温饱问题得到解决后自然会想到的事情。我们南阳经济在几十年的持续发展之后，人们吃饱穿暖的愿望得到了满足，这时来谈“美”的确顺理成章。

说到南阳的美，我想说的是两个问题：一个是今天的南阳已经很美；另一个是今后的南阳还应该更美。我说今天的南阳已经很美是有依据的。美学理论认为，美来自三个方面，一是人，二是自然界，三是社会。人自身的美，是通过形体美、相貌美、心灵美来呈现的。我们南阳人因为气候温润和多民族通婚及与陕西人、湖北人的远距离婚配，优秀基因得以聚拢传承，体形美、相貌美的比率高于很多地方；在精神方面受儒释道多种文化的滋养，善待他人的信念牢固，所以人称“南阳好人多”，心灵美的比率也远高于很多地区。自然界也给我们南阳人以格外的恩惠，我们有满身着翠的伏牛山和桐柏山，有几条流量可观的美丽河流，有大片的沃野平畴，这份自然美也是很多地区所没有的。在社会美方面，我们南阳有着很美的民俗风情，比如正月十五月圆夜的观灯踩街之风俗，花灯形状各异五彩缤纷，人们扶老携幼欢声笑语，那美景让人心醉；再就是南阳的艺术家们创造的艺术之美，比如南阳作家们笔下的皇帝、农民、官吏、市井人物，各呈其美。也是因此，我觉得今天的南阳已经很美。

但人们对美的要求向来都是美了还想更美。

我也希望将来的南阳会比今天更美。

要让南阳更美，需要南阳人去做很多事情，比如让南阳的河水和空气变清，让雾霾不再出现，让土地不遭农药和其他化学品污染；比如让南阳人不说粗话、脏话，见面讲礼貌相互施礼致意，使大家的言行更优雅；比如让南阳人养成讲卫生的习惯，穿着干净不乱扔垃圾；比如让南阳人严守交通规则，不论开车、骑自行车电动车还是步行都遵守交通规则；比如利用南阳的历史文化资源打造大型舞台剧和景观剧；等等。我今天只谈一个问题，就是让南阳的建筑物美起来。

建筑物，是人们到一个地方后目光首先接触到的东西。建筑物的美与丑，将直接关乎人们对一个地方的印象好坏和喜欢程度，所以，重视建筑物的美感，是我们每一个地方的主政者都应该特别予以关注的事情。

建筑物，有人说是立体的绘画和凝固的音乐，这很有道理。当我们站在一个美丽的建筑物前观看她时，她的确能给我们带来一种像欣赏绘画和聆听音乐一样的艺术享受，会有一种美感生出来，让我们身心感到愉悦。一个地方的建筑物美了，这个地方带给人的美感也就强了。我们很多人去云南丽江游览，其实就是去看那座古城的建筑物；我们不少人辛辛苦苦坐大巴车去皖南山区看宏村、西递这两个村子，也是因为这两个村子的建筑物特别奇特。我们平时出国游览，除了看外国的自然风景和购物，其实就是看他们的建筑物，到德国要看勃兰登堡门，到法国要看埃菲尔铁塔，到英国要看西敏寺。要想让我们南阳美起来，我觉得很重要的一点就是让南阳的建筑物美起来。

多年来尤其是近些年来，我们南阳无论是市区、县城还是小镇、乡村，都出现了许多新的建筑物。这些建筑物中，有不少不论是外形还是内颜，看上去都挺美，使我们南阳这个地方给外地人和外国人的观感大大改变。我就曾在北京听到不少来过南阳的外地人也包括外国人对我们南阳的赞美。不过，毋庸讳言，我们南阳的相当一部分建筑物，当初在建筑它的时候，更多考虑的是它的坚固性和实用性，考虑它的造价高低和业主的承受能力，考虑美的因素相对较少。这就使得我们南阳市区和各县城城区的新建筑物里，给人留下强烈美感、让人一见就流连忘返就想拍照留念的，不是很多；一些建筑都是他处、他地的复制品。包括高层建筑、低层建筑和农贸市场，包括院墙、门楼和桥梁，有原创美学品位的，不是太多。相当一部分建筑物是在京城、省城和别的城市都能看到的，给人以似曾相识之感。少有我们在欧美一些小城市建筑物上感受到的那种强烈的创造性的美。当然，百城一面是今天中国城市建设中的通病，不独我们南阳有这个问题。在我们南阳所属村镇的新建筑物里，单一、重复的现象要更严重一些，多是简单的平顶房或二层、三层的平顶楼，房顶没有任何美的装饰，窗、门、墙都无匠心设计，看上去简单、粗陋，根本没有我们在苏、皖两省乡镇看到的那种建筑的地域特点，看完一个村子、一个镇子，就基本上不用再看别的村子和镇子了。

为了提高南阳建筑物的美感，我想分市区、县城城区和镇、村两个部分谈谈我的看法。在市区和县城城区的建设上，我的建议有三点：第一，是对街区的功用预先做好划分。哪条街是高档商业街，哪条街是小商品购物处，哪条街是农贸市场，哪一片是居民居住地，哪一片是文化区，哪一片是办公处，要预先划分好。

不同功能的街区，对建筑物的美的要求是不一样的。对高档商业街里的建筑物，我们要求的是豪华美；对办公区里的建筑物，我们要求的是庄重美；对文化区里的建筑物，我们要求的是典雅美；对小商品购物处的建筑物，我们要求的是简朴美。不能要求一座县城和南阳市的建筑物都呈现出一种美学风格。第二，把好每一座建筑物的设计关。从现在开始，规划部门对每一座新建设的建筑物，不论是大厦还是平房，不论是桥梁还是门楼，不论是纪念碑还是亭、塔、坛，不论是公家投资还是私人投资，即使是很小的、花钱不多的建筑物，都要预先审查其设计图纸。凡是没有创新设计、缺乏美学品位的图纸，一律不批准其投入施工。要通过这个关口，把设计平庸、与已有建筑物外形雷同的建筑作品抛弃掉，迫使业主和承建方去寻找好的有美学创意的设计师。这样长期坚持下去，几十年上百年之后，我们南阳市区和各县城的城区，就会出现一批各具创意、各有特色、都能呈现出美感的建筑物。第三，对批准投入建设的建筑物，城建部门要严格督察建筑方按图纸施工，保证建筑物涉及美感的地方不偷工减料。我们知道，西方一些有名的美的建筑物，建设的时间都很长，有的甚至多达一百多年，历经几代人之手才最后建成。他们对每一扇窗户和每一座大门的外框雕饰，对屋顶每一个雕像的雕刻和安放，对外墙的颜色色调和门槛的形状，都能一丝不苟地按设计图纸完成，绝不会因为什么节庆去赶工，绝不会因某个官员的话而去降低标准。

在镇子和村子的建设上，我的建议是：首先，要根据地势、河道、街路的现状搞好整体设计，要使一个镇子、一个村子在整体布局上呈现一种美感。比如，是菱形的还是蝶形的，是纺锤形的还是正方形的，是环形的还是长方形的，要在整体外形上先给人一种美感。其次，要给每家住宅的占地面积做个统一规定，对每一家屋前的绿地面积也做个统一规定，至于每家用啥材料盖啥式样的房子，则不做统一要求，可让每家根据自己的财力和审美观念创造性地去盖。政府能做的，至多是请设计师设计一批具有不同美学风格的民居供大家建房时参考，或是仿汉复古风格的，或是中原豫西南地域近代风格的，或是中式和欧式相糅合风格的，等等。再次，是按照美学要求把人群活动中心和通往镇外、村外的道路建好，设多大的花坛，栽什么样的树木，放置何种雕塑作品，设置什么形状的路灯等。还有就是下水道的建设和垃圾存放与处理场地等。这样，几十年过去后，我们南阳的地面上，就会出现一批吸引游人的镇子和村子，很多外地人就会像去江苏的周庄、浙江的乌镇一样，跑到南阳来看我们的村子和镇子。须知，江苏省的周庄，每年仅旅游业一项的收入，就有一亿多元了。

我们南阳人有足够的智慧让我们的建筑物美起来。我们南阳人曾建成了很美的武侯祠、医圣祠、汉画馆、解放塔、白河桥和农运会诸场馆，只要我们在建筑物的建设上坚持不美不建的原则，我们南阳的建筑物就一定会因其美丽而引起外人的注意。

南阳也会因此而更有诱人的魅力！

也许要不了一百年，全世界的游人都会争相来看我们南阳的建筑！

（此为作者在“大美南阳”论坛上的演讲。）

中国农村的发展与困惑

很高兴有这样一个机会，向朋友们介绍中国乡村的情况。

我 1952 年出生在中国中原西南部一个叫周庄的村子，我落地号哭时，村南两华里外的荒草地里，还有野狼和狐狸发出悠长的叫声，由此可见我们那个村子的偏僻。我读的初级小学离家四华里，我读的高级小学离家六华里，我每天需步行往返学校四趟，由此可见我们那个村子在交通上的落后。

我一直在乡村长到 18 岁，之后，才外出从军。从军之前，也就是在 1970 年之前，我所在的那个地区，农村里吃不饱饭的人很多，村民吃大米白面的机会更少；住的房子多是用土坯垒成的墙壁；穿的衣服有相当一部分是用自家的织机织成的土布缝制成的。1978 年实行改革开放之后，局面在迅速变化，到今天，我的家乡和大部分中国乡村一样，发生了巨大的改变。这种改变主要表现在四个方面：

首先是物质上富裕了。由于家家都承包有土地，各家愿种啥庄稼都可以，而且不用交税，所以农民在种地问题上获得了完全的自由，各种庄稼和经济作物的亩产量都大幅提升，也是因此，农民都能吃饱吃好了。农民吃不完的粮食和其他经济作物，都可以拿到市场上出售，换回的钱可以随意买自己喜欢的东西，包括时髦的衣服。一些年轻的小伙子和姑娘向往城市生活，进城打工，用挣来的钱在家乡翻修房子，在我的家乡，绝大部分人家都住上了二层楼的新房子。吃穿住的问题解决之后，人们又开始购置新的交通工具和通信工具。目前，乡村大部分家庭都拥有了摩托车、电动车，一部分家庭有了小轿车，几乎每家都有一个人使用手机。

其次是农业生产的机械化程度大大提高，农民的劳动强度降低了。在我从军之前，我家乡的每一种田间劳动，都需要在牛的协助下手工进行。犁地，是人扶犁牛拉犁；下种，是牛拉耧人摇耧进行；除草，是人使用锄头去锄；施肥，是人用平板车把肥料拉到地里，拿铁锨撒；收麦子，人要挥镰收割；脱粒，人要赶着牛拉着石磙在打麦场上反复碾压……由于样样都是手工进行，劳动强度很大，农民干一天活会累得筋疲力尽。如今，差不多的人家都买了手扶拖拉机，犁地、耙地、播种、施肥，都由它来完成；收割、脱粒，人们都是掏钱租用大型收割机和脱粒机；除草，用的是除草剂；一般人家都有抽水机，天旱浇地时用的是抽水机；粮食加工用的是面粉机和面条机。这样，农民的劳动强度大大降低，有了享受生活的空闲时间。现在，人们对牛的尊敬程度大大降低，人们养牛只是为了吃牛肉。

再者是农民的文化程度普遍提高，乡村里的文化生活开始丰富。由于初中教育的普及，加上人们富裕后都愿意让自己的孩子读书，现在农村的男女青年大都有初中文化水平，相当一部分年轻人能考进大学和专科学校读书，还有一部分人考进职业高中和中等技术学校，能学到一门专业技能。伴随着农民文化水平的提高，他们对文化生活的要求也跟着提高了。目前，在我的家乡，很多村子里都有一个文化大院，里边有健身的器械，有篮球、门球、羽毛球场，有看地方戏的舞台，有跳舞的场地，有下棋打牌的桌子，有看数字电影的设备，等等。

还有，就是农民在精神上开始追求自主自由。如今，乡村的村委会干部实行直选，每个成年村民都有选举权和被选举权，大家投票选出村委会主任、副主任，对不称职的还可以罢免。农村青年长期追求的婚姻自由如今也基本上得到了实现，男女恋爱自由、结婚自由、离婚自由，父母和他人干涉年轻人恋爱婚姻的情况越来越少。

但伴随着中国乡村发生的巨变，一些新的问题和困惑也开始出现，就我所耳闻目睹的，这些问题主要集中在三个方面：

其一，是一部分村子的空壳化。因种地和在城市工作的收入差距大，加上城市化的推进，乡村里很多年轻人甚至中年人都涌进城市打工，不少村子只剩下了老人、妇女和孩子，农民家庭出现了空心化，部分村子出现了空壳化。这种情况带来了三个问题：一是儿童远离父母，缺少母爱父爱，正常的家庭教育缺失，会对孩子的心理造成不良影响；二是夫妻两地分居，正常的夫妻生活中断，男女双方都出现了性压抑现象；三是因为壮劳力不在家，土地的管理粗放，个别地方还出现了农地撂荒现象。

其二，是随着城市资本向乡村的流动，城市里的卖淫嫖娼、吸毒、赌博等现象也在向乡村蔓延。资本在中国自由流动，是一种进步。没有资本在乡村的流动，农村的发展就没有物质前提。但资本带到乡村的，不全是好的东西，跟随在资本后边抵达乡村的，还有卖淫嫖娼、吸毒和赌博。原来纯朴和相对平静的乡村，被这三种东西搅得起了波澜，有一些原本还算稳固的家庭，被这些东西冲击得解了体。我在我的长篇小说《湖光山色》中，就对这种情况做了描述。

其三，随着吃得好和劳动强度的降低，城市人常得的疾病也在农村多了起来。在我年轻的时候，农村得糖尿病和心脑血管病的人很少，因为那时农民吃的都是粗粮，劳动强度也大，能量消耗快。那时农民得病，多是肠胃病。现在，因为吃的细粮、肉、油多，加上劳动强度不大，胖人多了，人们的血脂、血糖、血压开始变高，得糖尿病和心脑血管病的人开始明显增多。村子里中风偏瘫的人数增加了。

这些问题的出现，的确是随着发展出现的，不发展不行，发展了似乎也让人忧心。这种两难的感觉，很让人困惑。不过，不存在问题的社会是没有的，中国政府正在着手解决这些新的问题，土地流转、户口改革和医疗改革就是正在采取的重要措施，我们正期待着这些问题的解决。

乡村的未来

——揭阳的启示

因为在乡村出生长大，故心里对乡村始终保有一份深情，一直在关注着中国乡村的变化。这些年，乡村的最大变化是，她的青春好像忽然消失，丰润和美丽飞走，魅力不再。大批乡村中青年人弃她而去，宁可到城镇当保洁工、护工和保安，宁可住在城里的地下室和城郊的小出租屋里，也不愿回到乡间，致使当下的很多村子里，只剩下了老人和孩子。凋敝，已成为乡村的现状和事实。

这就使我对中国乡村的未来生出了担心。

其实，不管城镇化率怎么提高，中国都不可能没有乡村。缘由之一，十几亿国人都要吃饭，没有人在乡村从事农业劳动是不行的；缘由之二，欧美发达国家的发展历史已经表明，乡村和城镇都是人类在聚居地方面的伟大发明，是人性的需要，乡村不会因为城镇的繁荣而被抛弃。那接下来的问题就是：我们怎样提升乡村生活对人们的吸引力，从而保持中国乡村的繁荣?

怎样才能不使中国的乡村变成一个“弃妇”？

前不久，我和一些朋友去了一趟广东揭阳，在那儿，我觉得我找到了一些答案。

揭阳蓝城区望天湖现代农业科技有限公司地处偏僻的山丘之间，离城区很远，做的还是乡间过去常做的种植养殖的事情。照说，这里是留不住年轻人的，但奇怪的是，不仅本地的年轻人很少外出打工，外地县、外省的大学毕业生也涌到了这儿做事，每年还要接待几十万的城市游客。他们所以能做到这点，经验有两条：一条是把种植、养殖系列化、专业化、规模化，引发市场效应，和商业直接对接，增加人们的收入。比如种铁皮石斛，不再由单个农户只搭一个大棚，在几十棵树上接种，而是将好多农户和林户的土地、山地有偿集中起来，搭建几十个大棚，在好多面山坡的树上接种，一次可收许多铁皮石斛，使产出的铁皮石斛成为中药材市场上的一个品牌，使公司成为一个大东家，让好多商人和用户争相在网上或实地采购。再比如养殖娃娃鱼，不再是靠一家养几条、几十条来卖，而是在山洞和特别建起的房子里，创造出适宜娃娃鱼生长的环境，一下子养几百几千条娃娃鱼，大大降低了养殖成本，让很多商家争相来买。另一条经验，是把种植养殖劳动与乡村旅游活动结合起来，吸引城市里的人来乡间游玩。人类的旅游活动，是为了满足人们看新鲜寻快乐的天性而兴起的。

生活在城市里的人，整天在城里转悠，看着熟悉的场景和物什，乏味感会慢慢生出，这时，如果乡间有可看的景致，就会把城里人吸引过来。望天湖现代农业科技有限公司在水库坝前的近百亩地里打造花的世界，不同季节有不同的花主题，使人能在四季都欣赏到花海景观。他们还在 3000 亩的农地里打造四季生态果园，种有焦柑、金橘、脐橙、红肉柚、三棱橄榄、甜脆桃、枇杷、葡萄、火龙果等 20 多个品种，保证人们四季都有水果可摘。他们还建了农场探索园、森林动物园，开了养生餐厅，办了农耕文化馆，使往日的乡村变美变漂亮了，这就吸引了很多城里人来乡间旅游休闲。

地还是原来的地，山还是原来的山，沟还是原来的沟，水还是原来的水，天还是原来的天，但因为经营的观念和方式变了，人们的收入大大增加了，乡村的美被发掘出来了，乡村的活力被激发起来了，乡间对年轻人又重新有了诱惑力和吸引力。

揭东区锡场镇军埔村的年轻人，过去也愿意到深圳、广州打工，但从 2013 年起，他们中有人看到了当电商是一个有前途的事业，开始在自己家里开设网店和实体网批店，自己创业，销售服装、塑料家居用品、皮具、电器、五金、玩具等，效益不错。村里的其他年轻人见状跟着仿效，纷纷回村开起了网店，做起了电商生意。目前，490 户 2800 人的村子里，已有 350 多户近 2000 人投入了网上销售活动，总共开设各类网店近 4000 家，实体网批店近 400 家，最高月成交额达 2 亿元，2015 年年交易额达 22 亿元。如今，不仅村里在外打工的年轻人都回来了，而且还吸引了不少外地人来村里打工。其中有一个大学本科毕业的年轻人回村开网店，仅“双十一”这一天，就卖出了 5 万件衬衣，净赚 50 万元。

军埔村还在原来的位置，村民还是原来的村民，变化如此之大的原因，就在于他们跟上了时代步伐，注意到了互联网带来的商机，在种地的同时开始了网上经商活动，把农业和现代商业紧密地结合了起来，从而使收入大增，使乡村有了建设新式民居和享受现代生活的财力。

望天湖公司和军埔村的发展实践告诉我们，乡村这种聚居方式并未到该抛弃的时候，只是到了该改变的时候，只要我们改变了观念，改变了种植养殖的传统模式，改变了农、林、渔、牧业的经营方式，让身在乡间的人也有一份不错的收入，使他们有财力改变自己的居住条件和提高生活质量，乡村依然会保有诱人的魅力。说不定，将来生活在城镇里的人还会再回流到乡间来。

也许，未来的某一天，很多年轻人会站在乡间田畴仰首高呼：乡村，我爱你！

又见青瓷

20 世纪 50 年代，在我们河南邓县乡下，很多人家吃饭都用黑碗。我家也是这样，无论是大人们的饭碗还是俺们小孩子的饭碗，一律是黑的。所谓黑碗，就是本地土窑里烧的那种马马虎虎涂了点黑釉的碗。这种碗表面粗糙，手摸上去有凸凹感和颗粒感，刷碗时稍不留心，还有可能划伤手指。但这种黑碗在镇街上的售价便宜，所以农人们多愿意买这种碗。我虽小，却已懂得这碗不好看。有一次看见在县上做官的一家邻居的孩子用白瓷碗吃饭，就向娘要求：我也要用白瓷碗吃饭！娘很不高兴，瞪我一眼道：黑碗吃不饱肚子？我与娘犟嘴：吃饱了也不好受！娘气得朝我扬起了巴掌，虽然那巴掌扬起只是吓唬我，并未真落到我的身上，但我还是委屈地哭了。到我家串门的读过《水浒传》和《红楼梦》的鸭嘴叔看见这情景，笑了，说：你小子不想用黑碗吃饭，也没有啥错处，人都喜欢美的东西嘛。这样吧，叔送你一个碗，保准你满意！鸭嘴叔当时就回家给我拿来了一个碗，我接到手里一看，嗬，碗是青色的，里外都很光滑，遗憾的是碗沿上有个豁口，豁口处因无法清洗而有些发黑。不过这已经令我很欢喜了，就抹了一下眼泪鼻涕朝鸭嘴叔鞠了一躬。鸭嘴叔说：这碗叫青瓷碗，是我爷爷奶奶也就是你老爷爷老奶奶传下来的，是青瓷系列用品中的一种。你小子好好用它吃饭吧，争取吃出个身高五尺的大汉来，只是小心别把它打碎了……

因为嘴扁而被称为鸭嘴的这位叔叔，由此给我留下了好印象。

那天，鸭嘴叔还告诉我：青瓷是表面施有青色釉的瓷器，是祖辈就有的瓷器品种，据说刘秀由咱南阳出去当皇帝之前就有了。还说：这种瓷器不仅咱南阳、洛阳的瓷窑烧制，而且南方的很多地方也烧制。我那时年龄太小，对他这类话兴趣不大，我感兴趣的是我终于也不用黑碗吃饭了。那只碗最后的归处我如今已记不清了，但“青瓷”这两个字已深深留在了记忆里。

甲午年夏，一趟浙江慈溪之行，让我意外地又见识了青瓷碗，见识了一系列的青瓷用品和艺术品，见识了青瓷烧制技艺的传承者施珍，也让我对记忆中的青瓷重生出了浓浓的兴趣。

那天的慈溪之游，开始于市郊的山，当一座座青绿的山头由车窗外闪过时，当慈溪的文联方主席用车上的麦克风介绍路旁的上林湖时，我都没有太在意，我以为这不过是一趟自然风景的观赏罢了，浙江的青山和秀湖太多了，看久了就会有视觉疲劳，已难引起我的兴致，直到车停下，直到我们走进那个写有“上越陶艺研究所”的小院，我才突然瞪大了眼睛，才浑身一震来了精神：原来这里有我记忆中的青瓷！

走进研究所的展厅，我一眼就看见了青瓷碗。由于记忆在帮我选择，我的目光越过许多展柜里的青瓷艺术品，直接盯住了青瓷碗——那是摆在一张桌子上的几套食具，有菜碟、茶盅、汤匙和饭碗，碗就摆在碟子中间。我仔细地看着青瓷碗，拿它与我记忆中的那只碗做比较：它比我记忆中的那只碗小了些，这是因为中原人吃饭喜欢用大碗，吃一碗是一碗，所以中原的青瓷碗烧制者就把碗做大了；它比我记忆中的那只碗在色泽上更显青翠，这也对，这是今人在现代条件下烧制的，在釉色的把握上会更好一些；它比我记忆中的那只碗在碗沿和碗底都显出了薄，这也合乎道理，今人做碗胎的技法会更精巧；它比我记忆中的那只碗更完美，它没有豁口，没经历过岁月沧桑的打磨……可能是见我对食具感兴趣，陶艺研究所的主人施珍走过来向我介绍，这是她设计烧制的食具，因为在形状和色泽上都好，在市场上的销量很不错，每年都能卖出许多。我当时捏住一只青瓷碗，真想提出买一套食具带走留作纪念，但作为被邀来参观的客人，此时提出买无异于索要，便只好不舍地将碗放下了。

看来，当年鸭嘴叔的说法没错，真的是南方和北方都烧制青瓷。

我接下来才去看那些青瓷艺术品。那个跳刀金鱼双耳瓶，瓶肚上布满水波纹，爬在瓶耳上的两条鱼分明是在戏水，整个作品充满灵动之气。那只聚宝盆，盆身上刻满草纹，给人生气勃勃之感；两侧的兽形镶嵌，像是守护着盆内的宝物，整个作品显得敦厚高贵。那个越窑青花瓶，在传统越窑青花瓷的基础上，采用了现代的绘画手法，那些看似随意涂上的色块，有些似载了渔人的渔舟，有些像戴了斗笠的人，有些如大船和岸线，给人无限的遐想。看着一件件精美的青瓷艺术品，我开始对其创造者产生了兴趣，我仔细打量着站在身边的这位青瓷烧制技艺传承人施珍。应该承认，她是一位美丽的女人，端庄的五官，匀称的体形，传统的衣着，恬淡的笑容，随意的发型，给人一种大方、柔美、富有内涵的感觉。创造出这些美丽青瓷器物的人，好像就应该是这样一个女人，这符合我的想象，也似乎符合一般的艺术创造规律——创造美的人自身也会美。

我在施珍的自我介绍和研究所提供的资料中知道，她出生于陶瓷美术世家，由于老辈人的熏陶，她自幼就对传统艺术感兴趣，16 岁便跟着她的三爷爷施于人教授学习陶瓷艺术。施于人是中国现代陶艺教育理论家，是景德镇陶瓷学院（今景德镇陶瓷大学）的创始人，孙女施珍跟着他到景德镇陶瓷学院美术系学陶瓷设计，学到了真东西。施珍后来又作为我国第一个陶瓷美术专业的交换生，到韩国首尔产业大学陶艺科进修，更扩大了眼界。2000 年施珍学成回国后，没有像爷爷一样走上陶瓷学院的讲堂，而是毅然来到慈溪上林湖畔，租住在一间简陋的厂房里，开始烧制青瓷了。

这是一个极为大胆可能又是深思熟虑后的选择。

她一定是认清了：当年的上林湖畔所以有那么多的青瓷窑开烧且有些窑的出品被作为贡品，还销往海外多国，当年的慈溪所以被称为唐宋瓷都，是因为这里的水和土十分特别，要恢复青瓷，只有来到这里才行。

她一定是认准了：这种始于商周、成熟于东汉、盛于唐宋、普及于三国两晋的青瓷，有很高的美学价值，是我们先民的宝贵创造，我们后人没有理由任其湮灭以至永远消失。

于是，烧了一千年又停了一千年的上越青瓷窑，在这个美丽的女性手里又点火了。

于是，失传许久的越窑青瓷技艺，在这个雄心勃勃的女人手上又神奇地复活了。

当我来到上林湖边时，施珍已在这里工作了 14 年。14 年，对于一个女人来说是一段很长的时间，她大好的青春，就在这段时间里流走了。但这段时间也给了她丰硕的馈赠，给了她成熟，给了她干练，还给了她更多的坚韧。不用细问，就能知道她经历过失败，要不然，她身上不会有那么多的沉稳，额头上也不会出现那份坚毅，她也不会获得那么多的铜奖、银奖和金奖，也不会被评为宁波市的工艺美术大师。

她今天面对我们满脸含笑，可我猜，当她遭遇挫折时，她也许会面对着上林湖水流泪。世上所有的事业成功者，都有痛彻肺腑的时刻。

慈溪得感谢施珍，是她，让衰落已久的越窑青瓷又恢复了青春，慈溪也因青瓷而名声大震。

我得感谢施珍，正是由于她，我才又看见了青瓷碗和那么多的青瓷器物及青瓷艺术品，使自己那久远的关于青瓷的记忆得到了接续；正是由于她，才证实了鸭嘴叔多年前说过的话：北方、南方都烧青瓷。

临别时，我很想对施珍说：别只想着创造供人观赏的器物，还应该创造更多精美的实用青瓷器，比如刻有各种饰物且别具特色的餐具、茶具、书具、画具，特别是美丽的饭碗，只有这些实用的东西才能走进千家万户，才能扩大青瓷的影响力，才能使更多的人记住青瓷。

瓷艺就长在实用器物的根基里。

也许，不用我多嘴，施珍都明白，她只是还未来得及。

后 记

收在这本书里的作品都是与我的故乡有些关系的，要么写的是故乡的人，要么说的是故乡的事，要么描画的是故乡的景观。故乡是一个人生命的原点，不管他长大后以多大的半径画自己的人生之圆，那原点都不会在他的人生中消失，必是他要频频回看的地方。

我的故乡在中原西南部的南阳盆地，盆地的底部靠南一点，有一个周庄村，这就是我出生的地方。这个地方属于邓州市构林镇管辖，不远便是湖北省襄阳市的地盘。我长大后成了游子，山南海北、国内国外地跑，可不论走到哪里，只要一听见南阳、邓州、构林、周庄这几个地名，就觉得无比亲切；只要一听见有人讲话是南阳的口音，就觉得分外亲近；只要一听到关于南阳、邓州、构林的什么消息，就必要打听清楚。故乡，是我始终关注和牵挂的地方。

我的故乡并不富裕，大部分人以务农为生，小麦、玉米、